星海小劇場：玩轉文字萬花筒

（第一冊）

十辭星海作者群

Penana 文庫

84110

目錄

作者簡介：十辭星海作者群

（按筆劃由小至多排列）

毛鼠之之

「想做的事，就要去做，不要光說不做。」

這是最近得到再簡單不過的座右銘，期許自己能再度完成一部小說的作者，從讀書時期寫了兩本愛情故事，到中途因故放下筆，最近因漸漸穩定生活，再度燃起心中的熱血投入創作。我是毛鼠之之，歡迎你觀賞我的故事，期待與你一起討論和學習書中的奧妙。

Penana： https://www.penana.com/user/45873/

Instagram： @hamsterlove999

＊ ＊ ＊

古潮兒

由喜愛東野圭吾的小說，變成在不同的網絡平台上嘗試自己執筆寫推理及恐怖小說，希望獲得讀者的回饋。我的作品曾於蕉園、紙言及連登講故台發表。如閣下亦喜歡同類型小說，歡迎隨時與我聯絡。

我希望藉著寫作結交多些志同道合的朋友，從交流心得的角度去提升水平。

Penana： https://www.penana.com/user/49939

Instagram： @coolchillax

Facebook： https://www.facebook.com/stepforward.ahead.9/

＊ ＊ ＊

花火

台灣人。因為興趣使然而誤入文字創作圈的業餘寫手，創作主題看心情，寫不寫也看心情，時而隨波逐流，時而在自己的圈圈裡打滾。目前龜速連載於 Penana 的主要作品為《伊茲米 itsumi》，請各位多多指教。

Penana： https://www.penana.com/user/39007

＊ ＊ ＊

放鶴

喜歡寫玄幻長篇故事，擁有把每一個夢境都忘掉的超能力，是對夢境超不負責任的作者。（很羨慕那些能把自己夢境都記下的作者 orz）

作品在 Penana，紙言，連登都有發表，玄幻長篇《餓狼傳說》正在激烈連載中！

希望能在寫作一道上有所成就。

Penana： https://www.penana.com/user/49939

Instagram： @crane_pavilion

＊＊＊

季節

熱愛驚悚故事，以及意想不到的展開。

希望能夠書寫出不同風格的文字，也期待文字能夠被人喜愛。

Penana： https://www.penana.com/user/72453

＊＊＊

拾文字戰士（只參與繪製封面）

我是個不務正業的廢宅社畜，在小說和繪圖的創作兩邊跑，目標是成為一個可以收到讀者寄來刀片的作者（誤）。

想當一個簡單的人，喜歡吃辣的東西，最喜歡的動物是鱷魚和鯨鯊。

生活過得不易，如果您能夠從我的畫作和故事中找到樂趣和力量，那就太好了！請多指教～

Penana： http://www.penana.com/user/76202

Instagram / Twitter： @crossword0415

＊　＊　＊

茵菓

棲蜃海，若浮雲；滿紙、荒唐盡？
陵水觀魚，虛度流年……

居陋室，嘆風月；盡訴、江南怨！
緋色龍門，醉染紅塵。

Penana： https://www.penana.com/user/19823

＊　＊　＊

挪拉夫

重視格律，喜歡咬文嚼字、鑽研文法、音韻和格律的香港作者，現正在研究如何用現代漢文寫一部西方史詩風格的作品，也有寫短篇、長篇小說和散文等不同類型的作品。作品主要在 Penana 和 Instagram 連載。人生哲學是滿足基本生活的同時堅持自己的風格，為公義、自由和普世價值發聲。

Penana： https://www.penana.com/user/85569

Instagram：@neocreationn

＊＊＊

烏克拉拉

擅長寫實風格的題材，也以自己的夢境當作靈感。

我不喜歡隨波逐流，只想寫自己喜歡的故事，希望我用夢境打造出來的小天地，能獲得你的喜愛與支持。

Penana：https://www.penana.com/user/76988

Instagram：@kage0612

＊＊＊

琉璃異色貓

（曾以筆名琉璃、李心玳發表專欄文章及出版小說）

畢業於香港中文大學，主修談情說愛，副修吃喝玩樂；喜歡對牢電腦聚精會神地發呆，習慣寫作時人格分裂地角色扮演。特技：能一箭射穿５０米外的蘋果（亞洲盃港隊代表）。現為 Penana 特約作者—《盒誌》及「書少少」專欄作者。

已出版／遊戲化著作：

實境解謎劇場：《謎霧環山：巴卡羅的繼承者》小說原著（由環山雅築、台東縣政府及一站式產業輔導辦公室合辦）

小說：《願望計程車》、《幸福藍默蝶》、《戀人湖之吻》、《未完的終章》、《蛋殼仙人掌》、《守護天使的 SMS》、《朋友以上，戀人未滿》

Penana： https://www.penana.com/user/78866

Instagram/Facebook/ 網站連結： http://bit.ly/Catabell

＊ ＊ ＊

嵐靈

一個平凡的上班族，在營營役役的生活，卻一直喜歡著各種各樣的創作，除了寫作之外，還會畫畫和做各樣的手工藝品。

寫作於我來說，相對是封塵已久的興趣，是一個十分偶然的機會才重拾起筆，重新用文字去創作故事，希望藉著文字可以創造別的天地。

註：書中的漂亮插圖，均出自嵐靈之巧手。

Penana： https://www.penana.com/user/75430

Instagram： @mini_bluebell

＊ ＊ ＊

晴天天晴

「晴天時遇見我；天晴時遇見你。」

我喜歡泡著香濃咖啡創作文字，希望自己能成為多元化創作者。目前執筆寫下的風格有「都市愛情系列」、「靈異系列」、「古風系列」長篇小說。抱著學習的心態在文學創作上盼能更加進步，謝謝Penana、盒誌給我機會向大眾展示我的文章，讓我的興趣能持續下去。創作的道路上我希望能一直不斷的成長，歡迎有更多的文學交流，我也會繼續努力。

Penana：https://www.penana.com/user/71668

Instagram：@blue_story0043

* * *

魅影

是個低調不起眼的神經質小作者。

在學時，作文獲得老師和同學的稱讚，於是開始嘗試創作小說。

喜歡寫的故事，跟喜歡看的不盡相同。喜愛寫愛情和奇幻故事，卻最愛看靈異鬼怪。自從開始寫單元故事後，發現自己比較喜愛寫短篇故事。

希望認識更多創作人，互相交流，學習更多以增強自己的能力；亦希望所寫的故事能夠獲得大眾的認同。目前有部份文章刊登於《盒誌》及「書少少」之網頁內。

Penana： https://www.penana.com/user/80343

Instagram / Facebook： @08phantom20

* * *

蕩步詩人

一位從小作文都拿低分的業餘作家，不敢說自己擅長的寫作項目是什麼，勉強來說是武俠吧！喜歡閱讀小品故事，寫作習慣是以嚴謹的心態營造輕鬆的氛圍，寫作信念是寫書在精不在勤，給自己一個貌似合理的藉口拖稿，起碼不要讓自己都看不慣自己寫出來的文。

Penana： https://www.penana.com/user/19863

序

從寫下「夜空翻開了書頁」起，我們正式掀開了《十辭星海》的第一章，並且貫徹了「華麗地惡搞」的宗旨；既認真編織故事，也不忘將作者們化作筆下人物互相惡搞。

相同的題目在不同的作者筆下交織出截然不同的面貌，這３０題讓星海作者們展現出各自的創意與特色，由衷感謝讀者陪伴我們走到最後。

正如 Winston Churchill 所言，「Now this is not the end. It is not even the beginning of the end. But it is, perhaps, the end of the beginning.」，３０日創作挑戰的結束，是一個開始的終結。未來，星海作者群仍會以另一種形式合力創作下去。

題目：假如燈神給我三個願望……

請以「假如燈神給我三個願望……」為題，撰寫一篇短文。

可以簡單地描述自身的願望，也可以編寫一個有趣或感人的故事。

形式不限、字數不限。

《三個願望》 作者：古潮兒

一個乞丐終日在巴黎流浪，落魄街頭的他衣衫襤褸，經常三餐不繼。

「大爺請你們做做好心，我已經三天沒吃東西了。」可憐的乞丐飢腸轆轆地向著途人哀求。

「今天是聖誕節，拿這些麵包去吃吧。」剛巧一名居住當地的釀酒商人路過，向他及時施以援手。

從此，寬厚的釀酒商人收留了該名乞丐，安排他在家中的地牢居住。乞丐幸得釀酒商人救濟，生活雖然潦倒，但仍得以勉強維持。

今晚，乞丐在釀酒商人的地牢內，找到一隻古怪的神燈。在好奇心驅使下，乞丐不斷擦拭神燈的外殼，就在此時，燈神出現了。

「主人，你救了我，我會幫你實現三個願望。」燈神在乞丐面前現身說。

「好，我要做釀酒商人。你會幫我嗎？」

「立即辦到。」就在燈神說完這句話之後，乞丐立即變得昏昏欲睡。

翌日，乞丐睡醒，照鏡後方發現自己變成釀酒商人的容貌。

「天啊！為什麼會這樣？」乞丐覺得事情太過不可思議，遂走到地牢察看，發現自己的身體正俯臥在神燈旁邊睡著。

知道整件事來龍去脈的乞丐，來不及等待與自己交換身體的釀酒商人醒過來，便命令下人把對方抬走，並且把他趕出大宅門外。

成為釀酒商人的乞丐，接管了對方的家族生意，可惜好景不常，遇上政府加稅，多年來苦心經營的生意利潤被國家徵收，所剩無幾。

乞丐決定把心一橫，向燈神許下第二個願望：「我要成為皇帝。」

翌日，乞丐睡醒，發現自己順理成章成為另一個陌生人，自己最想成為的那個皇帝。

「太好了，我終於成為了皇帝。」乞丐說道。

成為皇帝後的乞丐為了保住秘密，馬上派遣士兵將釀酒商人殺死，並且將對方的財產沒收，當中包括那盞神燈。

可惜，這個皇帝貪婪放縱，終日沉迷女色，國家從此一落千丈。

這一天，皇帝出巡時，在外面遇上革命部隊，當中為首的人大叫：「他就是路易十六！我們一定要把他活捉！」

結果皇帝被送上斷頭台，他於死前大叫：「我要變回本來的自己！」

終於，乞丐做回自己，他一個人在風雪中的巴黎流浪。由於那個釀酒商人已死，乞丐缺少了唯一的靠山，在飢寒交迫之下，最後餓死收場。

《三個願望》 作者：放鶴

第一個願望，希望天地有道，賞善罰惡。天理昭昭，報應不爽。
第二個願望，希望父母親友身子安泰，如意稱心。
第三個願望，希望生活安定，不愁溫飽衣食。

《AD 教授》 作者：茵菓

沒有人知道她是誰，只知她總是安靜坐在那。

滬尾碼頭邊，人影婆娑。

馬頭兩岸有一些商家，賣的都是千篇一律的吃食與事物。

還有一些幫旅客畫人像的街頭藝人。

一張張平面的面孔，有時候叫人心裡發毛……

我望著她。

她靜靜的坐在馬頭邊的欄杆上，身穿紅衣，綁著很長很長的馬尾。

「你在看甚麼？」AD 問。

「沒有，只是覺得欄杆上的那個女生有點詭異。」

「哪個女生？」AD 一臉傻逼的搜尋前方，我便知事情不單純。

「沒事。」我決定先不糾結那紅衣女，轉頭對 AD 說，「你特地約我出來，到底有什麼事？」

AD 的本名叫穆遠俞，是名大學教授。

「明菓，我跟你說，我最近老是覺得心神不寧。而且常常夢到我母親……」一旁攤販的燈落在 AD 的臉上，臉色確實不太好。

我說：「你媽不是已經失蹤多年了？大概是你太累了，壓力太大也容易造成夢魘。」

AD的情緒突然激動起來，「不是這樣的，明葉，我跟你說……」

他突然附在我耳邊，說道：「我覺得我家不太乾淨……」

我被他的神經兮兮搞到有些反感，揶揄道：「家裡不乾淨，應該去找清潔公司啊！」

「明葉先生，我知道您神通廣大，請不要跟我開玩笑。」

看到AD發怒，我這才認真的發動一下靈識，去仔細分析他身上那一股股不祥的氣息……

年關將至，我實在不想耗費太多真元，來處裡這些鳥事。

要不是眼看戶頭只剩十位數……我今晚是絕計不會赴約的。

『地、魂、巢、迴——』

我內心詫異，所感知的結果比我預料還要棘手啊！

「穆教授，你還是搬家吧！」我想這樣比較省事。

「那可不行，我母親這輩子有三個重要的心願，其中一個就是希望我們一家人和樂融融的一起生活。」AD一臉認真，似乎打算將他母親的那三個願望娓娓道來。

我看了一眼手機，時間不早了，原來在不知不覺之中，年華已逝。

婆娑的人群，禁不住夜風的驅趕，回家去了。

礙於篇幅，AD的事情我並不打算今夜處裡；再說，冰凍三尺，非一日之寒……

我隨手畫了幾個符咒，和他兌了幾張藍兒票。

就在我和AD告別之後，欄杆上的紅衣女飄了下來，跟上他緩慢的背影，逐漸消失在我的視線。

《三個願望》 作者：烏克拉拉

街道旁的「採夢咖啡廳」內，穿著執事服裝的男店員——臣熙正和有著紅色長髮的女店長——凌夏聊著天，說著說著，臣熙的雙眼瞥見了一個奇怪的東西。

他看著桌上那個畫有詭異紋路的「水壺」，忍不住好奇問道：「小夏，這個水壺是什麼？」

凌夏回頭看了一眼，說：「那是神燈。遠辰先生拿過來的。」

「神燈？妳是說會實現人三個願望的那個神燈嗎？」

「是的。」

「怎麼可能有這種東西？那是童話故事才有的。」臣熙立刻就對這個「水壺」沒有興趣了。那種超乎現實的事情怎麼可能實現？

但是他突然轉念一想……上次凌夏拜託他去找遠辰先生時，手裡的那張黃色手帕一拋上空中就變成能指路的蝴蝶——這件事情已經超乎常理了，那這個神燈……該不會也不是什麼「正常」的東西吧？

於是他又撲到神燈前面。

「這真的能實現三個願望嗎？」臣熙滿懷好奇地問。

凌夏將沖好的咖啡端出去給客人之後，回到櫃台內說：「你可以試試看。」

「那……」臣熙想了一下，雖然半信半疑，但還是想先做個實驗看看：「第一個願望：我想要吃商店街新開的烘焙坊的麵包！」

凌夏頓了一下，沒想到他真的許了這個願望。她笑了起來，早就知道他想吃，所以她一早就去買回來了。

凌夏從櫃台下的櫃子裡拿出臣熙想吃的麵包，說：「這是一位熟客給的。」

「真的是我想吃的那個麵包呀！」臣熙的眼睛亮了起來，沒想到這個神燈是真的！

「第二個願望呢？」凌夏問。

「第二個願望：我想要最新的那款遊戲！」第一個願望已經實現了，臣熙樂得不可開支，開心得忘了前幾分鐘他說過了什麼話。

「最新款的遊戲……？」凌夏苦惱了起來。她從不瞭解遊戲的事情，最新款是哪一款？

「第三個願望：我希望凌夏可以身體健康，一直經營著這間咖啡廳到永遠。」

凌夏抬頭，雙眼對上了臣熙帶著溫暖笑意的眼睛。

她笑了笑，嘴角上揚勾起一道好看的弧度：「我會的。」然後她拿起手提包，又說：「我外出一下，店裡交給你了。」

「好，路上小心！」

＊　＊　＊

「老闆，請問最新款的遊戲是哪一款？」

「最新款啊？有這個、這個、這個，還有……這個也是。妳要哪一款？」

「這麼多啊……那不如全部都給我吧。」

「好！謝謝惠顧！」

《沒有家的少年》 作者：琉璃異色貓

「除夕夜不是你一年之中最忙的日子嗎？怎會安坐研究所？」復仇研究員 Nicky 不禁好奇。

「名片早派完了。」願望研究員 Marco 揚揚手中那個空空如也的名片盒，「除夕夜人類都只顧慶祝，大抵要待新年過後才會想起我吧。」

「今年派對也開不成吧，不是有甚麼疫情肆虐嗎？」Nicky 開啟社交媒體監控畫面，一幕又一幕，都是家中舉杯暢飲的慶祝畫面，「呃……」

研究經年，Nicky 還是無法透徹理解人類的思想與行為模式。他開始後悔自己選的課題太專太深入，Marco 的選題層面就要比他廣得多，像之前那個丁芷瑤的報告便可堪細味。

正打算沖一杯熱可可，Marco 案頭的顯示器卻忽爾亮起紅綠交替的訊號，是來自檔案編號 #2021-0004-532-640 的召喚。

Marco 輕按腕上那隻外形與智能手錶無異的傳送器，下一秒便已安坐願望計程車的駕駛位置上。

「同步檔案編號 #2021-0004-532-640，搜尋目的地。」Marco 以語音輸入。

人工智能回覆：「目的地搜尋完畢，系統將於十秒後完成傳送至 22-114 號收押所。」

Marco 開啟那個屬於歐子麟、編號 #2021-0004-532-640 的檔案。這一年間，他遇過不少同類型個案，偏這些委託人所許的願每每抵觸了許願守則，結果統統成為懸而未決的個案。

大閘打開，一個清瘦的少年手執公文袋，月下那身影孤立無援，卻仍堅定地一步步向前。

Marco 趕忙迎上前，「歐子麟先生？」

歐子麟一怔，誰？

Marco 禮貌地欠欠身，轉身替歐子麟拉開車門，「歡迎乘搭願望計程車。」

願望計程車？

就因為他啟動手機時，無意中按下了那個古怪的短訊？甚麼「只須按『確認』，願望計程車即會載你到奇妙的夢想國度，替你實現三個願望。」

「請。」Marco 以右手在空氣中劃出一個優美的弧度，再度邀請歐子麟上車。

也罷。歐子麟也著實累了，先上車再說。

「容我先自我介紹，我是願望研究員 Marco。」

願望研究員？該不會是政府派來套話的人吧？不過這種鬼話傻子也不會相信，這人葫蘆裏賣的到底是甚麼藥？這一年來的磨鍊，令歐子麟無法輕信陌生人，更莫說這種胡言亂語的陌生人。

「凡被挑選的研究對象，均可獲得三個願望。」Marco 有點語澀，他大概猜到歐子麟接下來會許甚麼願。

「在符合許願守則的情況下，許願者可自由規劃願望的內容，附帶條件是：一、不能破壞大自然規律；二、不能直接牽涉到金錢；三、不能影響到第三方利益。」

三個願望嗎？歐子麟苦笑。

「那，可以讓枉死的人復生嗎？」歐子麟胡謅，就陪這司機瘋一下吧。

「很抱歉，這願望違反了第一條守則，恕我無法接納。」這個答案，Marco 在遇上歐子麟以前已複述過不止十遍。

歐子麟冷笑，「那麼，可以令不公義消失嗎？」

Marco 十二分無奈，「很抱歉，這願望牽連太廣，絕對會影響到第三方利益，違反了第三條守則。」

「既然無法改寫歷史，就讓歷史做見證，永世流傳、不被改寫吧！」歐子麟緊握著拳頭。

「不必浪費一個願望。雖說歷史由勝利者編寫，但記憶可以承傳。人們不會忘記。你不會忘記。」

Marco 遞上名片，「這是我的名片，上面有我的聯絡方法。不急，待你想到要許甚麼願再聯絡我吧。到你家了。」

到家？歐子麟可不記得有告訴過 Marco 自己的住址。況且那個家，他早已回不去了，家人早已和他斷絕來往。

Marco 替他拉開車門，外面卻是服刑前義工為他安排的「家」。

Marco 是如何得知這地址的？

「Happy New Year！」Marco 說罷，願望計程車即絕塵而去。

「子麟？為何只得你一個？阿禮呢？他和子謙一起去接你，你沒看到他們嗎？」溫小儀匆匆上前給歐子麟一個溫暖的擁抱，「新年快樂！先回去再說吧。」

歐子麟鼻頭一酸。對，這裏才是他的家。

《三個願望 — 咦！我有許願嗎？》 作者：嵐靈

傳說世上每樣東西，只要是受到人們所珍惜、所喜愛的話，都會有機會化做神。

阿杰爺爺有一盞火水燈，聽說是爺爺送給嫲嫲的第一份禮物，爺爺嫲嫲生前十分寶貝它的。可惜自從爺爺過世後，它就被一直放在閣樓，無人問津。

＊　＊　＊

這年暑假，阿杰和幾個同學被安排一起來到這個鄉郊地方。一來是這家舊居被一對夫婦看中，想要買來當特色民宿用，他們需要在出售前整理一下；二來阿杰的同學都是清一色的城市人，根本沒到過鄉郊，大眾就趁著暑假來玩耍。

「王大嬸，我們到了。」阿杰一進到大屋裡便大喊。

「杰杰，你們到了。」王大嬸聞聲，立即從廚房走出來。

王大嬸原本是請回來幫忙照顧阿杰的爺爺嫲嫲，即使爺爺過身後，阿杰父母仍舊聘請她留下來清潔大屋，所以她也是看著阿杰長大的。

「王大嬸，這幾個是我的同學，這幾天要麻煩你照顧了。」阿杰有禮貌地說。

「不麻煩，很高興你們來玩。」王大嬸笑著說。

「你們先挑房間去休息一下吧！」阿杰先對自己的朋友說，然後再對王大嬸說：「麻煩你幫忙帶一下路。」

「麻煩王大嬸了。」眾人也禮貌地說。

「你還是住在閣樓嗎？」王大嬸問阿杰。

「嗯，順便整理一下要帶走的東西。」阿杰回答說。

然後王大嬸帶著各人去挑房間，阿杰則獨自到閣樓去。

這裡是阿杰小時候每次來爺爺嫲嫲家，都指定要住的地方，充滿著他兒時的回憶，縱使已有一半地方被當作雜物房，阿杰每次來都堅持住在這裡。

阿杰放下行李，便開始著手拆箱子，看看有甚麼需要帶走的東西。

第一箱開出來的是書，是爺爺和嫲嫲喜歡看的書，可惜現在家裡已經沒人喜歡看書，應該可以捐給圖書館；第二箱是相簿，有爺爺嫲嫲的，有阿杰爸爸的，也有阿杰小時候的，這一箱要標記帶回家；第三箱是他小時候的玩具，有些可能已經壞掉了，這一箱要看能不能修理好，再捐給孤兒院；第四箱是衣服……阿杰小心地檢查，然後逐箱逐箱標記好。

到最後一個箱子，這是爺爺的珍藏，包括他和嫲嫲第一次看電影的戲票，嫲嫲送他的第一條頸巾。他一件一件拿出來查看，每一樣都是爺爺對嫲嫲的愛。

最後的最後是一個用精美盒子放著的火水燈，阿杰記得爺爺說過，買它送給嫲嫲的時候，還被嫲嫲嫌棄說：「誰還會用火水燈？」但嫲嫲還是每天偷偷拿出來看。

在查看火水燈時，阿杰發現燈座有點髒，於是用毛巾拭擦髒的地方，沒想到有一縷煙竟從燈芯飄了出來，化身成一個小孩的模樣。

阿杰被嚇了一跳，跌坐到地上，但仍不忘抱緊那盞燈，結結巴巴地叫：「鬼……鬼呀！」

「你才是鬼，我是燈神。」小孩鼓著腮說。

「一個屁孩，誰會信你是燈神？」阿杰立即吐槽。

「我才不理你信不信，我現在給你三個願望，你快點許完，我要繼續神仙修練。」小孩走近阿杰說。

「你走開！」阿杰對這突然蹦出來的小孩，仍有點害怕。

「第一個願望。」小孩停止逼近阿杰，然後慢慢退開，走到紙箱堆那邊坐下。

「那邊不能坐。」阿杰見小孩要到剛才清空了的紙箱上，怕他有會撞倒其他箱子，於是出聲阻止。

「第二個願望。」小孩又從紙箱上站了起來。

「這樣也算？」阿杰皺起眉，看著眼前的小孩，不解地嘀咕著，這小孩絕對是跑出來找碴的。

「還有第三個，你快點許完，我要回去覆命。」小孩不耐煩地說。

「我現在想不到。」阿杰無奈地看著小孩。

「那就隨便說一個。」小孩顯得更加不耐煩。

阿杰也不想跟這屁孩糾纏甚麼，於是就說：「那我要一杯水。」

小孩變了一杯水出來後，便憑空地消失了，連句說話也沒再留下。阿杰看著水杯，完全不知發生過甚麼事似的。直到王大嬸過來，叫他下樓去吃晚飯，他才回過神來。

《假如燈神給我三個願望》 作者：蕩步詩人

「智兒，該睡覺了。」

「好的奶奶！可是我想聽故事！」

「好，奶奶給你講一個燈神的故事。」

「Yeah！謝謝奶奶！燈神是什麼？」

「燈神會給好人三個願望，智兒乖乖睡覺當個好孩子，燈神也會給你三個願望呢！」

闞老太為寶貝孫子講著床邊故事，智兒浸淫在充滿幻想與慈祥的嗓音中。此時一陣怨恨而飢餓的低吼，藉著燈神的傳奇故事殘忍地將祖孫二人陰陽相隔。

＊＊＊

「芷語，聽説星期五又添一件了。能幫我找個資料嗎？」

「好的明葉大人，稍待一會兒。」

明葉的菸癮來犯，裊裊之中他無奈著近日的案件。雖然他不是警察，但他比警察更執著於案件的走向。

姿姿貼心地來到明葉身後，想為他按摩紓解一下緊張的情緒。這時芊黛端來切好的水果放在桌上，三人都等待著芷語的資料。

許久，芷語拿著小本站在明葉身旁，開始報告查到的資料：「星期五的晚上十點二十二分，案件發生在嵐靈路，一戶闞姓人家遇害，其中闞老婦人失蹤，現場留下大量血跡和一位受到驚嚇而精神失常的孩子，他的名字叫闞智。

據說闞智平日乖巧聽話，精神失常並非天生，闞老婦人平日和善待人，和孫子相依為命，沒聽聞有何仇家，警方不排除這起命案與前幾起的兇手是同一人。」

「這次竟然有生還者……。」明葉回應。

「唉……可是被嚇傻了，等同於沒有呀……。」姿姿嘆口氣道。

「那魔物這次把屍骨帶走了，我想不透是為什麼。」芊黛說出疑問。

「是啊！而且放著細皮嫩肉的小孩不吃，吃老人家？完全出於情理之外。」姿姿也說。

「或許我們都以對魔物的認知來視作情理，沒有以其它的方向來思考。」

「芷語指的是年獸對老婦與乞丐的怨念嗎？這個理由實在太牽強了。」姿姿說。

「其實兇手也不一定是年獸，而吃人動機也不一定仇恨那麼純粹，是這個意思嗎？」芊黛望向芷語，芷語點點頭。

明葉開口道：「我有一個想法，我們必須去找那個孩子，他是我們唯一的突破口。」

「可是他目前一定處於高度的看護，我們要以什麼名義去接近他呢？」芊黛問。

明葉還沒想好這一塊，於是又掏出一根菸抽了起來，芊黛揮揮手抱怨道：「很臭！麻煩你去外面抽。」

明葉挑眉道：「妳是狐狸，有差嗎？」

「狐狸怎地？狐狸就不能厭惡香菸嗎？」芊黛不平地問。

姿姿開玩笑回應：「哎唷芊黛……在斬鬼師明葉大人的地盤上，還講究『人權』嗎？哈哈哈！好笨。」

「就是，狐狸不要計較這麼多嘛！」明葉也打趣著說。

「哦？意思是我變回狐狸到處撒野，你也不會『和我一番見識』是吧？」芊黛青筋併出。

在明葉面色鐵青之際，芷語從他們的對話想到了辦法，先行提問道：「對不起我打個岔。姿姿，妳的『心通』練得如何了？」

心通乃狐族透視人心的術法，修煉極難，是姿姿的主修本領。

「一樣……馬馬虎虎。哎唷……何必問這個？心通本來就很難修嘛！」姿姿噘起小嘴。

「我有個方法可以確定真兇的身份。」芷語篤定地說著，讓眾人目光為之一亮。

＊　＊　＊

當日夜間十一點左右，明葉走在某大醫院的十二樓走廊，他身著該院清潔人員的裝束，推著工作車來到逃生梯間，將三隻小狐從工作車中放出來透透氣。

芊黛化身的小狐一竄出來便用奶音抱怨道：「悶死我了！芷語，妳這到底什麼鬼方法？」

芷語踩著姿姿的頭，也以奶音解釋說：「我從你們爭吵『抽菸』的事想起了明葉大人能短暫的元神出竅，那或許能夠配合姿姿的術法進入闞智的心神裡尋找記憶。再來……。」

「再來……芷語妳能不能先出去！別一直踩著我的頭！」姿姿用奶音發出抱怨，奮力一頂，小小的芷語從工作車掉出來，惹得明葉微微一笑。

「明葉大人！抱抱！」姿姿對著明葉伸出前足，撒嬌地討要。

明葉抱出姿姿，三狐一人四角對望，芷語說：「既然我們以人的姿態難以接近，就以原形出擊吧！這是我從你們討論『人權』時受到啟發的。」

「好了，那事不宜遲，咱們開始！」明葉拿出三柱香，先將天花板上的偵煙器套上塑膠袋，然後開始進行靈魂出竅的術法。

「姿姿，等等我的元神會隨著香線飄出，環繞妳身，妳必須用最快的速度進到闞智的病房，待香燃盡前我必須盡快回到肉身。

芊黛、芷語，妳們務必護住我的肉身，如見我肉身有異，馬上將這道藍符燒掉！」

芊黛擔憂地問：「我們是狐仙，能碰這張符嗎？」

「廢話，快接過去。」明葉催促，芷語趕緊接了過去。

明葉口中唸唸有詞：「陰風借遁，引月開路……！」

一隻獨角的墨蒼巨獸前掌死死壓著闞老太，在床邊瑟瑟發抖的闞智正驚恐地留著淚。

「小朋友……叫什麼名字？」巨獸發出雌雄莫辨的鬼魅之音問道。

「闞……闞……闞闞智。」

「喔……為什麼話都說不清楚呢？」

闞智嚇得不敢作聲。

「不要害怕呀……孩子，你見到我應該要開心點兒呀！我就是你一直想遇見的燈神呀！」巨獸齜牙咧嘴地說著，腮幫子的白毛嘲諷似地擺動。

闞老太努力地哀求道：「求求您放過我孫兒……。」

巨獸耳聞，立馬舌頭一伸，「鞭」暈了闞老太。

「奶奶！」闞智哭叫著。

「噤聲！否則就連你也吃了！」

闞智不敢再發出聲音。

「好孩子……這樣燈神才能給你三個願望……呵呵呵……！」

「我……我不要願望了……求求燈神不……不要吃……吃我們。」

「哦？這是你的第一個願望？好的……我不吃『你們』，我只吃你奶奶……。」

「別吃我奶奶……求求你……。」闞智哭得差點連話都說不清楚。

「如果你肚子餓的話，你吃不吃東西呢？」巨獸瞪大火紅的眼珠子問。

闞智努力地搖頭，他的本能告訴他，絕對不能認同跟吃有關的一切。

「說謊的小孩會讓燈神生氣的……燈神倘若生氣……就會帶走你的奶奶！」

面對巨獸的戲謔，闞智無奈地任由擺佈，點頭如搗蒜。

巨獸立刻以極快的速度扯下闞老太手臂上大塊的肌肉，瞬間鮮血濺射！闞老太也從暈厥中痛醒，欲哀嚎之際被巨獸死死壓住口鼻。

闞智只是個孩子，哪能成受如此恐怖的畫面，巨獸將闞老太的肉拋向他，道：「給你點小懲罰！把你奶奶的肉吃下去，我就實現你第二個願望！」

闞智已經不住作嘔，巨獸見此輕聲呵笑！終於闞智雙眼翻白，口吐白沫暈了過去，巨獸見此，按著闞老太的厚掌一沉，立刻將掙扎的闞老太壓死。

明葉的元神以旁觀者的視角，在闞智漆黑的記憶中觀看，有如置身於電影院，這是他第一次以此形式窺視一個人的記憶。但至此他感到不對勁，卻又說不上是哪兒出了問題，只見「螢幕」前的巨獸緩緩瞥過頭，對他咧嘴一笑……

題目：雪地裡的火車

讓寒冷的冬天裡滲透一點點溫暖的氣息，聽起來很不錯呢！
那就讓我們馬上開始，用文字幫冬天穿上新衣服吧。

請用**「雪」與「火車」**編寫出美麗的冬天。
浪漫、追逐夢、奔向未來，或任何形式的故事都可以。
文體不限、字數不限。

《車窗外，我們的風景》 作者：毛鼠之之

每年的冬天，我跟雙胞胎弟弟都要前往另一個國度探望大哥，因為距離之遠，我們都要搭上一台專門過去的火車。

說也奇怪，每次坐這台火車，我跟弟弟看到的風景都不一樣，就像現在他又在跟我爭論。

「那個明明就是地球的雪！」他指著某個方向，氣鼓鼓的瞪著我。

我往他指的方向望去，只看見千變萬化的星河，以及某些小恆星劃過一條條直線，消逝在遠方。

「以地球的說法，那個叫做流星，可以許願的代表物。」我平淡的回答，打算不理會他那討厭的眼神，坐回位置上。

「才不是！流星才不是長那樣，小吉每次看到的都是錯的！」他似乎不想饒過我，將我抓回窗戶旁。

「雪哪會出現在宇宙，你不要去過一次地球，就認為看到什麼都是地球的東西，好嗎？」我摸摸他的頭，明明長的與我相同的臉龐，他的眼神卻莫名給我有種古怪的感覺。

「哼，反正你說的永遠都是對的，我永遠都是錯的……。」他越說越小聲，坐回位置上，不再與我說話。

＊ ＊ ＊

多年後，我才知道當時他只是想引起我的注意，但我與他之間的關係，因為太多事情的抉擇，使他不停誤會我的作為，因此關係大不如前，我跟他變成敵人，再度面對面時，一輛火車剛好在我們身旁疾馳而去，喚起我與他小時候的回憶。

「呵呵，你是對的，我當時只是心情很難過，才會看到雪。但你根本沒發現我的感受吧，哈哈哈……。」他笑的很悲傷，聽在我耳中，卻是一種嘲笑。

我爆發累積許久的恨意，衝前殺了他，看見一模一樣的面孔死在我面前，心理沒有任何愉快，只感到莫名的悲哀。

「對不起了，身為神，我只能懲罰你到這裡，好好度過下輩子吧。」我對著沒有意識的身軀喃喃自語，雙手上的鮮血，滴落在腳邊，化做他喜愛的雪花，連同他的身體一同消失。

當下一列火車再度經過，我才離開現場。就像火車抵達終點站，我跟他的親情關係，下了車，到此為止。

《雪地列車》 作者：花火

溫蒂和翠西的父母因為一場意外去世了，她們只好搬到鄉下和奶奶一起生活。奶奶說就快要下雪了，叮嚀著不能出去玩，她們只好在房子裡玩捉迷藏。她們在過世爺爺的儲物間裡發現了一本破舊的故事書，許久未聽到父母說故事的她們，像是找到寶藏一樣，小心翼翼將它拿回房間，溫蒂準備在睡覺之前，讀給四歲的翠西聽。

這本故事書叫《雪地列車》。

「他們在雪地裡搭上了列車，到達了沒有悲傷的樂園。」

「『樂園』是什麼意思？」

溫蒂想了一下說：「應該就是一個充滿快樂的地方，想要的東西都可以在那裡找到。」

「包括爸爸和媽媽嗎？」

溫蒂什麼也沒說，她將故事書藏在床底下，溫柔的哄妹妹睡覺。

深夜裡，她們聽到了火車的聲音。

翠西推了推溫蒂起床，興奮的比著窗外說：「雪地列車來了！」

溫蒂叫她睡覺，但是她堅持要到外面看看，於是她們一人裹著一條毯子走到屋外。

「什麼也沒有啊？」溫蒂說。

「在那邊！」

天空忽然飄起了雪，她們呼著白氣繼續往前走。不知走了多久，她們看到了亮光，翠西像是著了魔似的向前走去。最後，她們看到了一台火車。

「原來真的存在……」溫蒂訝異的說。

翠西突然哭了起來。

溫蒂緊張的問：「妳怎麼了？」

「爸爸媽媽……在上面。」

溫蒂轉頭看向火車，看到自己的父母面容安詳的在座位上對她們招手，像是要叫她們過來。

「我要去。」翠西說。

溫蒂瞬間也變得著魔，她握著翠西的手準備要搭上列車。

溫蒂，不行！

爺爺的聲音在溫蒂的耳中忽然響起，令她清醒了過來。

「不對！我們不可以過去！」

溫蒂拉著翠西的手要離開列車，但不知道翠西哪裡來的力氣，竟拖著她往列車走去，這力道彷彿可以將她的手拉斷。

「我要去！」翠西又再說了一次。

幾經拉扯後，翠西猛然推開她的手，溫蒂一股腦摔倒在積了一層薄雪的地上。

「姊姊，我陪爸爸媽媽去就好。」溫蒂在走上火車時對她微笑，那是充滿祝福的微笑。

「翠西！」

一覺醒來，溫蒂發現翠西躺在她的身旁，翠西牽著她的手，讓她鬆了口氣。歷經冬雪的一晚，讓窗台上積了一層的厚雪。

「翠西，起床了。」

溫蒂叫了好幾次，但她一點反應也沒有。

「翠西！翠西！」她從床上跳了起來，用力搖她。

溫蒂掀開被子，發現她懷裡緊抱著一本書，那本故事書叫做《雪地列車》。

《雪景》 作者：放鶴

白雪飄落，陽光夕照，萬籟無聲。在潔白一片的雪地之間，隱約有著雪獾探出一兩個圓滾滾的小腦袋來覓食，不時在雪地之間翻滾耍樂，煞是可愛。

隆隆隆……

遠方傳來一陣悶響，雪獾們紛紛抬起頭來，警戒的看著一個方向，手爪輕垂，彷彿隨時也能一道栽進雪堆之中隱匿。

嗚……嗚……

嗚笛聲響起，火車飛快在鐵軌之上飛馳而過，列車闖進了原本安謐的雪景，瞬間破開了雪地間的寧靜，原本飄落而下的白雪也是瞬間被火車衝得七零八落，雪地之中的雪獾已是消失不見。

隨著列車高速的劃過，墨黑的煤煙在明淨的天空之中蔓延而開，再往四面八方籠罩而下。乍看之下，有如一點污漬一樣，在潔白的畫布之上化開，把整個皎白的雪景都是沾污了。

隆隆隆……

列車揚長而去，煤點在半空之中紛飛，與飄零而下的白雪糾纏在一起，落在地上，遺下一地斑駁的灰黑。

《蜜月》 作者：季節

翟情坐在觀景車廂內，膝蓋上放著一本未讀完的書。

書是男朋友買的，也是他正在讀的，只是他現在為她張羅飲食去了，便不在她身邊。

火車離開月台，開始平穩地沿著軌道行駛。人們在自己的臥鋪放下行李後，一些人在車廂裡歇息，也有一些人跟翟情一樣，來到了這個觀景車廂之中，透過車頂和車窗的大片玻璃欣賞外面的美景。

「請問我可以坐在你旁邊嗎？」

翟情抬頭，只見一名容貌端正的男子站在前方，微笑著向她詢問。

她看了看四周，仍有不少空著的位置，顯然男子的意圖不是那麼單純。於是她回以一笑，把膝蓋上的書稍稍拿起，露出了有些隆起的腹部，「抱歉，這是我男朋友的座位。」

男子的臉色頓時變得尷尬，他咳了一聲，訕訕的走了。

「男朋友？」

他才剛走遠，翟情的身後便響起熟悉的聲音。她轉過頭，看見了表情帶點委屈的天行，半晌，才對他的問題反應過來，忍不住笑出了聲，「好吧，是我說錯了，老公。」

這個稱呼甜蜜得讓她有些不習慣，而天行臉上更是冒出了一點紅，顯然跟她一樣感受到了微妙的難為情。

但是，這種別扭感之中，無疑摻雜著一絲喜悅。

他們同居了好一段時間，雖然在幾個月前已經公證結婚，但由於前後生活方式並無不同，因此很多事情也就成了習慣，若不是剛才的那點小事，恐怕她也不會注意到，兩個人之間的稱呼該換了。

天行端著兩個杯子，在她旁邊坐下。

翟情注意到一個杯子冒著熱氣，而另一個則是透明的玻璃杯，盛載著果汁，還以一片水果裝飾在杯緣。果汁是天行的，他落座之後，便從翟情的膝蓋上拿走了書，然後把冒著熱氣的杯子遞給了她。

「老婆，天冷，喝點熱水吧。」

她有些不情不願地接過杯子，在這麼優美的環境下，自己居然不能品嘗最愛的美酒，心裡自然是有些不高興的，但她也知道要是開口，天行一定會勸說她：這都是為了孩子好。

再一想，其實也是她咎由自取。最初他們本來是打算結婚後便去度蜜月的，但翟情從沒看過雪，更希望自己看的第一場雪有特殊意義，於是就定了幾個月後的這個日子，坐上火車去看雪。

而在這短短幾個月之間，兩個人的旅行變成了三個人的，也是意料之外的事。

再仔細一想，其實又是她咎由自取。

翟情便省卻了抱怨的力氣。

火車緩慢地繼續行駛，已經進入了郊外。玻璃天幕上，點點雪花落了下來，恍惚間就像是要穿過那層透明的玻璃。

天行給她帶來了一條毯子，毛絨柔軟，暖意入心。她裹著毯子，喝著熱水，看著窗外的雪山，嚮往不已。

細雪紛飛，輕輕柔柔的，像是揉碎的紙，又像極了初夏的棉絮。翟情沒看過雪，但看過棉絮，於是她初時看得高興，看久了便開始打起呵欠。

「我想打雪仗。」她說。

「好啊，到酒店之後，我們出去打雪仗。」天行說。

「我想堆雪人。」她又說。

「堆雪人看著好玩，但麻煩又費勁，你想要的話，在旁邊看著我堆就好。」天行語氣溫柔，小心翼翼的撫摸起她的頭髮。

翟情撅嘴，「哎，你又弄亂我的頭髮了——算了，今天不跟你計較。」

「待會我替你重新梳個好看的髮型。」天行說得誠懇，手上的動作卻是沒有停過。

「你還沒看完這本書吧？」翟情眼睛一轉，決定強迫他的手找點別的事情做做，「讀給我聽吧。」

天行愣了愣，「你不是不喜歡繪本故事嗎？」

「今天就當是為你破例了。而且，有人說過，講故事也是一種胎教，能讓寶寶的性格變得不那麼糟糕。」她說。

他聞言，頓時端正坐姿，並把果汁放到小桌上，也不再揉亂她的頭髮了。他雙手捧著書，一本正經地繼續看了起來。

在念故事給他們的寶寶之前，天行似乎要很認真的做一些準備。

翟情笑了笑，又悠閒地啜了一口熱水，繼續看雪。

《歲歲常相見》 作者：茵菓

李沛茵凝望著窗外枯枝，心中那股悸動的情懷，天崩地裂。

開春時，她和阿肆相約，待到降雪時節，便一起搭火車離開東北。遠離他們自小生長的家鄉，遠離那些不允許他們相愛的人。

老套的故事，老套的遠走高飛。然人同此心，人們彷彿永難渡脫出這情關的輪迴。

我們相愛，與旁人無關。

李沛茵是大蔘商李良之的掌上明珠——這是必然的安排。

有誰會想看小村姑和叫化哥的韻事呢……

「小姐，這是新採的天蔘，端看這鬚根，至少有二十年。」阿肆燦光滿面，昨日覓得良品，老闆定會許他不錯的薪資。

李沛茵沒心情聽他炫耀，卻說：「阿肆，天漸涼了，我們需要帶足保暖衣物……」

「小點聲！不是說好不在外頭談論這事。」阿肆板起臉，內心似乎雪落無聲。

「可這裡沒有旁人啊！」李沛茵委屈道。

「誰說的，它聽得見。」阿肆舉起手中的天蔘，神態警戒。

李沛茵破涕而笑，「等會兒我將它給切片了，叫它無法說出去。」

「那可不成。」阿肆趕忙將天蔘收入匣中，喃喃道：「那就不值錢了。」

雪似白吟、白銀似雪。

終於等到那日的到來，李沛茵帶上自幼積攢的值錢飾物，她在車站著急等候，卻遲遲不見阿肆的身影……為了避人耳目，他們多日未見。

火車駛走了一班又一班，她在月臺上枯坐成一尊石像。

她有三個心願，一是獨得父母寵愛、二是覓得心儀對象；最後，希望一家人和樂融融的一起生活。

「但願我與茵兒，歲歲常相見。」想起阿肆的諾言，她內心滲蜜。再等等吧！定是路上有事耽誤。

白雪染鏽色，阿肆終於來了。

「沛茵小姐。」然而他一開口，便叫她震驚。

「你、你叫我什麼？」

「沛……沛茵小姐。我母親患病，需要天蔘治病，老闆把天蔘送給我，但……但條件是、不……不能帶妳走。」

李沛茵面染雪色，片刻後才釋出微笑，「伯母生病了，你合該留下照顧。」

「謝謝小姐體諒。我現在送妳回家？」阿肆鬆了一口氣，事情進展的比他預想的還要順利。女人，果然心軟……

「阿肆哥，我已經給姨媽打了電報，如果不去一趟，只怕她會懸心。你留下來陪我等車，晚點再回去告訴我父親，說我去姨媽家玩幾天就回來。」

「這、好吧！」反正只要不逼他私奔，一切好談。

最後一班火車剛開走。

月臺上杳無人煙，這樣寒冷的時節裡，站務人員都躲在房裡烤炭取暖。

李沛茵獨自走出火車站，她並沒有搭上離開東北的最後一班火車。

雪落在她年輕的臉龐上，但卻不及她內心的寒意……

入夜後，白絮紛飛，厚雪很快就覆蓋了鐵軌上殘破的血肉。

阿肆，但願來年開春，屆時與你——

碎碎腸相見。

《雪地火車：覓夢者》 作者：挪拉夫

登上火車上的每個人，都是覓夢者。

我和她從不同的月台登上火車，有着不同的目的地，追求着不同的夢想。然而我們還是在火車上相遇、相知、相愛了。

在我眼中，火車是一個自由自在的國度。縱然環境不太乾淨；床鋪不太好睡；食物也不怎好吃；志同道合的朋友時散時聚，也令我倍感空虛。但我享受在火車上流浪的日子。火車會帶我穿州過府，前往未知的領域。它令我覺得自己是個冒險家，讓我知道原來世界那麼大。

然而她卻總是在火車上愁眉不展。她不喜歡火車侷促的環境；不喜歡硬繃繃的床鋪；也不喜歡乾巴巴的隨身食物。我叫她試着期待下一個國度的新奇事物、期待遇見不同國籍的人。她卻告訴我，她害怕下一站的天氣會更糟、害怕下一站有更多朋友下車、害怕要用外語跟更多陌生人溝通。

她每次這樣悲觀地想着想着，就會突然地抽泣。每逢這時，我只好走近她身旁，給她一個擁抱。她便會倒在我的懷裡，我給她按摩頭部，她便會不知不覺地睡着。

但我知道，果然，我們有着不同的目的地。

我們相遇、相愛了一段日子後，火車緩攀到一個冰天雪地的山峰。風雪啪嗒啪嗒地敲打窗戶，在沒有暖氣的車箱內，我們的手腳都凍僵了。

但好奇心令我把疼痛的感覺擱在一旁，南國孕育的我，沒有見過北國的風雪。我像個小孩似的，興高彩烈地推開窗子，嘗試用手去觸踫雪花，為冰雪散落身上而感到新奇。

然而同樣出生在南國的她卻站得遠遠，站在不受寒風波及的位置。

「過來吧！你看這吹雪多漂亮，雪花在我手中融化，像是魔法一樣。」我向她招手。

「嗯……我站着這邊看就好。這樣看也很漂亮。」她笑着說。

我回頭看着她的身影，這不到五步的距離，卻令我覺得跟她的距離似乎不斷拉遠……

＊＊＊

我走近她的身旁，牽起她的手。

然後和她一起走到儲物室去，拿了工具，把車卡之間的卡板拆開成木方，再一塊一塊的搭起來，打上釘子，在車卡的空曠位置，搭建成一間沒有門的小木屋。

她鑽進小屋，我把火爐拿了過來，在小屋裡頭點燃。當然這樣很危險，萬一不小心弄成火災，可能會被車長趕下車，但途經的乘客大概不會那麼多管閒事。

我和她蹲在狹小的房間裡，從門口那邊看出去，可以看到漫天冰雪。我走把窗戶再打開一點，好讓她能夠把窗外的風景看得更清楚，然後回到她身邊，和她一起把手放在火爐上烤。

我們相視而笑。

「你不用過去近距離看雪花嗎？」她問。

「站着這邊看就好。這樣看也很漂亮。」我笑着回答。

看着窗外流動的雪景，我知道了，我們現在有着一樣的目的地。

《會掉禮物的火車》

作者：烏克拉拉

寒冷的冬天，眼睛所看見的任何地方都是美麗的銀白色。

我喜歡釣魚，每天都會到山上的湖邊釣魚，只要天氣允許，我都會在這裡。平時來這裡就只是單純地釣魚，然後將釣上來的魚分享給山下的村民們，藉此交換一些物資。但是冬天時就不一樣了。

有一列只會在冬天經過這座山的火車，是我在這裡釣魚的真正目的。因為這列火車不知道什麼時候會經過，所以只能一到冬天我就每日在這裡等。今天是進入冬季的第八天，我依然在這裡邊釣魚邊等著列車的經過。

突然，浮標沉了下去。大魚上鉤了！

我抓緊釣竿，不想讓魚逃走，開始和水中的魚進行拉鋸戰。

嗚、嗚——

火車來了！

比起今晚的食物，我更想去追只有冬天才會經過這裡的火車！

我拋下釣竿，拔腿奔向山上的那個老舊車站，那列火車正從山洞裡緩緩駛出來。

「爺爺！爺爺！」

這列火車行駛的速度很慢，只需跑步就能輕易追上。

「火車爺爺！」

我追著火車一邊大喊，在最前方駕駛室的窗戶被拉開了，從裡面探出一個滿頭白髮的老爺爺。他看見我時很開心，朝著我揮手打招呼道：「小子！好久不見啦！」

他把頭縮回去，過一下子又探了出來，然後丟給我一個包裝精美的禮物：「今年冬天比較冷，你要穿好穿暖啊！」

「爺爺也是！」我從褲子口袋裡拿出一個小盒子，使盡力氣丟向老人的方向：「這是我自己做的！希望爺爺長命百歲！」

「謝謝你呀！」

老人向我笑著揮揮手，然後就回到駕駛室裡了。

我停下奔跑的腳步喘著氣，看著火車緩緩地駛離這座山。

我打開包裝，裡面是一件溫暖的毛衣，看起來是他親手織的。因為上面的毛線有些紊亂，圖案也歪七扭八的。

我開心地抱著毛衣在雪地裡跳來跳去，大笑起來。

每年我最期待的就是冬天，因為有一個專屬於我的聖誕老公公會經過這裡。

《亞當的回家路》 作者：晴天天晴

「很久很久以前，離小村莊不遠處有著一條大大的瀑布……」媽媽手上拿著一本繪本書，那本書的封面寫著《雪地裡的火車》。

床上躺著一位男孩名叫亞當，他面如白雪，閉上眼睛靜靜地聽著媽媽說著故事，虛弱的挪動一下身體，側著身微笑面向媽媽。

媽媽一手輕撫著亞當的細髮，溫柔繼續唸著繪本故事：「有一天哥哥布里和妹妹在深山迷路了，他們又餓又渴，忽然天空中有個龐然大物，從他們的頭上經過……」

這是亞當最愛的繪本故事書，常常幻想自己也在故事裡四處冒險。

媽媽繼續說著故事：「哇！是火車，哥哥你快看……」

「是一台在雲上行走的火車！」那奇特的情景讓兄妹倆好奇一路追了上去。

濃濃的睡意侵襲著亞當，他聽著聽著漸漸地睡著了，媽媽唸故事的說話聲也越來越遠……

「亞當哥哥快醒醒！」一個稚嫩的小女孩喊了喊亞當。

「嗯？」亞當睜開眼著實嚇了一跳，外面正下著大雪，眼前不是他的房間，他驚訝的起身觀察四周，發現自己正睡在一堆暖和的乾稻草上。

「太好了，你醒了。」小女孩開心的大喊。

「餓了嗎？你睡了好久。」一位男孩帶來了食物遞給了亞當。

「我為什麼在這裡？你們是誰？這裡是哪裡？」亞當著急的問著。

小女孩伸手碰了碰亞當的額頭說著：「你還好嗎？是不是還沒睡醒啊？」

「亞當，我是布里啊！」布里指了指自己。

「哥哥，怎麼辦？亞當哥哥是不是摔壞腦了。」小女孩也跟著擔心起來了。

「布里？」亞當疑惑的看著眼前的男孩。

「那我是誰？」小女孩指著自己問亞當。

亞當對眼前的兩個人有一種熟悉的感覺，但他還是想不起來。

「我是茉莉。」茉莉著急了。

亞當試圖找回記憶，忽然他腦海閃過幾個畫面。

「雪、火車。」亞當輕輕吐出了幾個字。

「對，你還記得你是從火車上掉下來的嗎？」布里問著。

「我從火車上掉下來？」亞當自己也嚇了一跳。

「對呀！你是從天空的火車上掉下來的，一朵好美的白雲接住了你，然後將你放在地上。」茉莉說著。

「你還說要搭那班火車回家，所以我們陪著你，但是在半路上你突然昏倒了。」布里說著。

「不知道為什麼突然刮起暴風雪，我和哥哥扶著你，好不容易找到了這個馬廄，你一睡就睡好久，我們非常擔心你。」茉莉接著說。

「我……」亞當不知道自己還能說什麼。

「你能醒來真是太好了。」茉莉說著。

醫生替亞當檢查完身體，起身對著亞當媽媽說著：「愛麗絲太太，亞當陷入昏迷了，這一次不知道能不能挺過去。」

「老天爺，求求祢再一次救救我的孩子亞當。」媽媽哭著緊緊握住亞當的手。

「這病能撐到現在已經算是奇蹟了，如果亞當醒了這藥水慢慢讓他喝下。」醫生拿出一瓶藥劑給了亞當媽媽。

「謝謝你醫生。」媽媽流著眼淚看著床上面如白雪的孩子。

「亞當哥哥，你能說說你的家嗎？」茉莉問著亞當。

「我不太清楚了。」亞當說著。

「沒關係，我們會陪著你，直到你回家。」茉莉安慰著亞當。

「我能問問，你們說的那班火車是在哪裡看到的？」亞當說著。

「森林的天空，因為天空的火車太稀奇了，我們在底下追趕著，結果越跑越遠。」布里說。

「我記起來你們是誰了。」亞當確認眼前的兄妹，正是他最喜歡的繪本故事書裡的主角。

「太好了。」茉莉開心極了。

「只是故事書裡不曾有過暴風雪。」亞當清清楚楚故事裡的每一個環節。

「什麼故事？」布里問著。

「沒什麼。」亞當笑了笑。

「親愛的孩子你要堅持下去，別放棄！媽媽會一直守在你身旁的。」媽媽在亞當耳邊輕輕說著。

這聲音傳遞到了亞當耳裡……

「是媽媽的聲音。」亞當流著淚。

「亞當哥哥你怎麼哭了？」茉莉問著。

「沒事。」亞當擦乾了淚水。

亞當猜想可能是自己身體又出狀況了，只是不明白為什麼會出現在繪本故事書裡。

他看著外頭的暴風雪，想不透為何會突然有這場景出現，心想難道這是阻礙他回家的考驗嗎？如果故事的發展代表著他所面臨的困難，為了回到媽媽的身邊，再難他也要撐下去。

風雪越來越大，氣溫越來越低，亞當和布里、茉莉躲進乾稻草裡取暖。

「明天我們出發吧！」亞當說著。

這時亞當耳邊又傳來了媽媽的說話聲：「孩子撐下去，媽媽一直都在。」

媽媽在搖椅上睡著了，手裡還抱著那本繪本故事書，在故事書裡亞當的神奇冒險正要展開，他將勇敢追尋雪地裡的那台火車，回到媽媽的身邊。

《雪地裡的火車，火車上的積雪》 作者：魅影

有一個被稱為「聖地」的高山，每一年的冬天都會下雪。

而這裡的雪景非常美，所以每逢冬天來臨，都會有數以萬計的遊客來這裡觀光遊玩。

如果想要到這個雪地遊玩，只能乘搭唯一的交通工具，就是火車。

可是，在沒有下雪的日子，這座高山竟然無人問津，所以也不會有火車駛往聖地。

這天，今個年度的第一片軟綿綿的雪花飄下來了。

「雪回來了。」火車接住了飄落到他身上的雪花，興奮地說：「我們又可以見面了。」

從這天開始，火車每天都會駛到聖地，與雪見面。

「火車，你來了？」雪用軟綿綿的身體包裹著火車，隨即火車的頂部出現積雪。

「對喔！依照約定，我來看你了。」火車毫不介意車頂滿是雪，「今年，你會在這裡逗留多久呢？」

「今年應該會長一點，大約三四個月吧。」雪躺在火車上，輕輕地說：「因為我想留在這裡陪伴你多一點。」

「那真的太好了，我們又可以像往年一樣談天說地了！」火車興奮得跳出來，把雪給抛到半空中。

「啊！」被抛至半空的雪愉快地笑著，積雪再次重重落在火車身上，「哈哈，好好玩喔！」

兩人覺得這樣很好玩的，火車不斷跳起，積雪不斷跌回火車身上，兩人玩得不亦樂乎。

轉眼間，到了雪要離開的日子了。

「明天我便離開這裡了，下個年度，我們才能再見了。」雪依依不捨地擁著火車，「謝謝你記得我們的約定。」

「我當然會記得，下一年，我們在這裡再見吧。」

「嗯！你要好好保重喔，再見了。」雪的身影漸漸消失了。

下一個年度，雪又回來了，有列火車駛進聖地。

「咦？火車呢？」雪四周觀察著這列火車，「你不是火車，你是誰？」

「我是火車呀。」那列火車有點不耐煩地說。

「不是，火車是藍色的，而你是紅色，你不是火車。火車到底在那？」

「哦……你指那列藍色的火車？」紅色火車向雪解釋：「他被要求退休了，維修人員說他的機件太老舊了，不能再跑上山，所以由我來替代他。」

「甚麼？」雪驚訝得說不出話來。她從來沒想過回來這裡後，竟然看不到火車，「你知道藍色火車現在在那嗎？」

「嗯，在山下的車廠裡呀！」

當雪聽到火車在山下，她馬上向山下衝去，很快便找到了藍色火車。

「火車！」雪大叫著飄向火車。

「雪？」火車睜開眼，驚訝地看著眼前的雪，「你怎麼下山來了？快回去呀！」

「不要！我想在這裡陪伴你！」雪任性地擁著火車說。

「雪，你不可以留在山下的，如果你留在這裡，人類的天氣會變得很冷很奇怪的。」火車用臉擦擦雪的臉，安撫著雪，「放心吧，我很快便可以去找你了。」

「真的嗎？」雪一臉疑惑。

「真的，我聽到維修人員說的。」火車輕聲說道：「所以，雪你先回去吧。在山上等我。好嗎？」

「嗯！我會在山上等你的。」雪乖乖點頭，再次擁著火車。

「即使今個年度，我不能上山去找你，但我也會在這裡陪伴著你的，所以你不用怕。」

之後雪離開了又回來，回來後又離開，她看見的還是紅色火車，雪再次失望地離開了。

這一年，雪很早回來了，然而她已不敢奢望能再次見到藍色火車。

當雪越降越下，越來越接近聖地時，她竟然發現雪白裡有一點藍色！雪興奮地向著那抹藍色飄去。

「是火車呀！真的是他喔！」雪滿腔眼淚，難掩興奮之情。

「火車！」當火車停下來後，雪馬上上前擁著他，「你回來了！」

「嗯！我依照約定回來了！」

《梭雪飛車》 作者：蕩步詩人

本故事承接《假如燈神給我三個願望》

魅艷狐火，將明葉給的藍符燒盡。

明葉回到肉身之後，面頰顯出四道劃痕，芷語焦急地詢問：「明葉大人，還好嗎？你的臉……？」

明葉大口地喘著氣，道：「還好有妳們……不然我就真的回不來了！」接著便講述事發的經過。

＊＊＊

在狐狸狀態下的姿姿，身手輕盈迅捷，帶著明葉的元神悄悄來到闞智的病房。對癡呆不醒的闞智施以心通，明葉的元神便藉著姿姿的咒力進入了闞智的心神宮。

在看到案發的過程之後，明葉曾感到非常不對勁，可是當下並沒意會過來。當巨獸的目光停留在他身上時，明葉才意識到一個嚴重的問題。

按理說，闞智的記憶會在他暈倒時停止回放，可是在他嚇暈後回放卻沒有停止。那只有一個可能，自己中了他人的術。

巨獸對他一陣獰笑，伸長五爪，其中飽含邪紅色的妖光，明葉一時反應不及，巨獸倏地出手！臨危之際，一股蠻力將明葉疾速向外拉扯，妖爪的赤影微微掠過明葉的面目。

原來在關鍵時刻，芊黛和芷語感知到一陣蓬勃的妖力，所以立刻化掉藍符，救明葉於危難之中。

「姿姿……姿姿呢？」明葉說到這，才想起他還沒見到姿姿。

芊黛回應：「姿姿還沒回來！我去喚她回來。」

「好……麻煩妳了芊黛。那巨獸確實與傳說中的年獸形貌相似，但是……。」明葉說到一半，樓梯間的安全門被緩緩推開，三人立馬警戒了起來。

只見姿姿搖搖晃晃地走了進來，一見到明葉便激動地擁了上來，流淚道：「我以為你也出事了……我真的好害怕……。」

芊黛上前撫著姿姿的頭，明葉也拍著她的背，問：「怎麼了姿姿？什麼叫『也』出事了？」

「你離開之後……闞智就身體扭曲……慘死在我面前……。」

芷語這時提醒眾人道：「不要在這說，我們先上頂樓。」

明葉點點頭便扶著顫抖的姿姿爬上樓梯，四人一到樓頂，芊黛立馬伸手將姿姿拽離明葉，明葉橫眉，策動七絕真言：「絕土咒生，萬印牢！」

姿姿腳下竟浮出黃土泥板，接著平地而築撐起杆欄，將姿姿圍困於泥牢之中。泥杆上刻著密密麻麻地符咒，速度之快，姿姿反應不及。

「為什麼要困住我？」姿姿問。

「妳不是姿姿，快說！姿姿在哪？」芊黛怒火中燒。

「我是姿姿呀！快放我出去！」姿姿的手一碰觸萬印牢，杆欄立刻將其灼燒。

「妳的身上雖有姿姿的氣味，卻還充斥著其他味道！而那味道我在每個案發現場都有聞到，還有，姿姿都會對明葉大人使用敬稱，你的破綻太多了。」芷語說著望向明葉。

「哼！而且我是被自己的藍符召喚回去的，你不可能知道我已經離開鬭智的心神！知道的原因只有一個，年，現真身吧！」明葉抽出金錢劍，凝視著易容成姿姿的年。

「呵呵呵……真有一套呢！斬鬼門。」姿姿的雙目滲出血光，算是默認了自己的身份。

「我的姿姿在哪？爽快交代，給你痛快。」看來明葉不打算放過噬人的年。

「哦？有想法就砍過來呀！」年瞪大雙目，嘴角上揚咧出尖牙。

明葉橫過金錢劍，引劍身與月相映，亮出鋒利的劍光。二話不說，明葉奔了出去打算一劍刺穿年！

芷語立刻阻止道：「明葉大人不可以！姿姿會死的！」

明葉立刻止住攻勢，他的不可置信地問：「難道……這傢伙附在姿姿的身上？」

「極有可能，因為姿姿的氣味太強烈，而您的萬印牢讓牠沒法抽離姿姿的身體！」芷語說。

「姿姿」鮮紅的目光轉向芷語，道：「小狐，妳的鼻子貌似挺靈光的。」

「可惡……這畜牲為何能夠鑽進姿姿的身體呢？牠的肉身呢？如果放牠出來，情況更為不妙！」明葉咬牙切齒地道。

芊黛這時牽起明葉的手，面對著他，一反平日傲嬌的形象，溫柔地道：「可還記得上一次的樓頂？你也同樣使出了萬印牢。」

「芊黛這時候不適合……。」明葉著實被芊黛的反應驚得不輕，同時也想起對抗何羅時，曾與芊黛的曖昧行徑。但短暫的詫異過後便如同接獲暗示般，略為羞澀的神情突然嚴肅了起來，他對芊黛微微點頭，將萬印牢解開。

一切反應盡在年的眼下，牠也不糊塗，見萬印牢一解便要遁逃，明葉當然不會給牠這個機會，早已備好的綑仙索如攢蛇出洞！

準確地勒住「姿姿」的頸子，被附身的姿姿回身襲向明葉，芊黛挺身而擋與之纏鬥，年不斷地嘗試將綑仙索切斷，卻無果。

明葉與芊黛的舉動，其實就是要在解開萬印牢的同時讓年有所警惕，使其不貿然進攻，否則在戰鬥中己方可能會重創，而姿姿也會受傷。

綑仙索的牽制能讓年凌厲的攻勢大大被削減，善於近戰的芊黛便可降低風險。

明葉將綑仙索的另一頭繫上金錢劍，道：「芊黛！」耳聞呼喊，芊黛立即扭身外躍，金錢劍也在此時被擲出。

年的反應迅捷，迴身閃躲。但牠始終是孤軍一人，餘光瞥見身後的芷語，芷語接過金錢劍，抵住了年的脖子。

「別動！七絕真元下的金錢劍會刺穿肉體，直擊魂魄。」芷語冷言道，在綑仙索的傳導下，明葉的七絕真元皚皚生光。

年轉過頭，有恃無恐地道：「妳可以刺看看，我很想知道誰的魂魄會先消散！」牠篤定芷語不會傷害姿姿。

明葉趁著年不備疾步而近，伸手扣住了姿姿的中指，被年附身的姿姿發出了哀嚎。

先前明葉曾使用這個方法測試芊黛，所以在與年僵持時，芊黛才以牽手的方式提醒明葉。想起昔日父親的教導，只要扣住了被附身者的中指，附身的怨魂再厲害也必須為之重創。

年終於離開了姿姿的身體，化作一道暗影消散於盞盞街燈。面對這麼大的動靜，明葉抱起姿姿領著芊黛和芷語離開醫院，回到自己的車上。

在車上休息多時，姿姿終於醒來，明葉溫柔地撫著她的額頭，她緩緩道：「明葉大人……。」

「沒事了姿姿。」明葉回以一笑，但心下還是苦澀，因為闞智真的死了，死法就如同姿姿被附身時所說的那樣，而年獸也逃得不知所蹤。

在回程的路上，姿姿聽聞了自己被附身的事滿懷歉意，就當芊黛講述年獸逃跑的事後，姿姿眼神一亮，道：「慢著！我知道牠去哪裡！」

「真的？」芷語的神情也為之一變。

「真的！當明葉大人的元神進到闞智的身體後，我的心通還未收功之際就突然失去意識了，我想年獸也是在那毫無防備的瞬間附上我身。

當時我雖無意識，但卻像是作了一場夢，夢中有一片非常湛藍的海，一塊綠色的碑（路牌）寫著『封年海域』，還有一些零碎的、灰暗的畫面，也有一些牠在行兇時的畫面。」姿姿道。

「好奇妙，怎麼會突然夢到這個？難道冥冥中安排了什麼？」芊黛道出心中的疑惑。

「不難理解，應該是姿姿的法術起了效用，在肉體的侷限下施以心通非常難以達成，可是魂與魂之間，就會容易許多，這是我的猜測。」明葉扶著方向盤，腦中開始搜尋著封年海域。

「找到了！封年海域，其位於北州，離這裡非常的遠。」芷語馬上就查到了資料。

「北州……那只能搭火車了！」明葉立刻調頭，朝火車站的方向駛去。

「喂！你這樣沒頭沒腦的奔去北州，妥當嗎？」芊黛敲了敲明葉的腦袋。

「妥當！這鬧附身的傢伙若不是死了，就是元神出竅，我們要想辦法找到牠的肉身，並且毀滅牠！」

「如果到那撲了空呢？」芊黛問。

「大不了再回來嘛！」

「亂來……。」

＊＊＊

四人連夜上了火車。買了最快的車班，帶著三隻小狐來到自己所屬的車廂。

隨著火車越往北，氣溫就越低。車窗外也不知何時飄起了雪，三隻小狐窩在一起取暖，明葉冰冷的手不捨得碰觸她們，她們卻很貼心地竄進他的大衣，明葉笑著緩緩閉上眼睡去。

連日來的調查讓他心神疲憊，不知睡了多久，明葉被冷醒。往懷中一看，三隻小狐都不見了，只有被敞開的大衣。他暗想事情的不妙，掏出黃符施咒貼於前額為自己開眼。

在透過黃符的視野下，明葉看見某一節的車頂盤據著強烈的靈力。他立刻走出車廂，從車廂的連結處上了車頂，在火車快速行進的風景中艱難地尋找芊黛她們。

飛雪飄過他的面頰，口中呼出的霧氣夾雜著怒意，黃符視野中的靈力越來越近。明葉收起黃符，遠遠地望見芊黛三人的身影，他拿出金錢劍，逆著風雪快步奔向她們……。

題目：兩隻鮮艷的小鳥

假設你是身處古時，請描繪一幕讓人發笑的小故事。

注意：這次的挑戰要用第一人稱啊！

另外，不要求古風，但絕對歡迎。

《月圓大戰》 作者：放鶴

晨光初現，在竹林之中塗上了一抹金黃。

我踏著竹林之間的蜿蜒小道，內心卻是一陣忐忑，一股不安之感在心中縈繞不散。

正躊躇間，卻是不自覺地來到了一間竹子搭建的屋棚之前，只見竹棚小屋皆是一片翠綠，與四周的竹林形成一片青翠欲滴的景象。然而，縱然是同樣的青竹，那竹林卻是猶如眾星捧月一般，把小屋襯托起來，更顯小屋的鐘靈毓秀。

小屋之外，豎立著兩支斜斜歪歪的直幡，遠看而去，乃是一對對聯。

上聯：「天下獨無雙。」

下聯：「四海皆絕對。」

小屋門楣之上，有著橫批：「蕩步紅塵。」

敢於武林之中自詡天下無雙的，就只有一鳥，步嵐。

約莫十多年前，步嵐在武林之中嶄露頭角，沒多久便是亮起了這個名號。各方群雄自然不服，沒多久便是群起而攻之。

正當眾人以為這自傲的步嵐不過是曇花一現之際，結果卻是讓眾人都是瞪目結舌——步嵐單雀匹鳥，竟是以寡勝眾，甚至揚長而去，自此威名不墮，縱然挑戰者絡繹不絕，但卻是從未嘗一敗。自此被封為天下獨無雙，地上再無敵手。

而如今，我便是要挑戰武林中的巔峰，步嵐。

咚咚咚……

我在竹門之上輕輕敲了敲，心中的不安之感猶深，讓我有種難以呼吸之感。

咿呀……

竹門徐徐打開，現出了步嵐的身影。只見他一身黃衣，頭頂藍冠，濃眉大眼，看上去竟是出奇地普通，但身上的氣勢卻是出塵脫俗，兩眼不時閃過精湛的光芒，遠非常人所能及。

「步大爺請了。」我面色凝重，深吸了一口氣，朝著步嵐一抱拳，沉聲道。

「兄台是誰？」步嵐有點詫異看了看我，禮數卻是絲毫不缺，聲音溫文有禮，若不是事先知道他就是武林至尊，恐怕還真的會把他錯認為書生一類的有識之士。

只見步嵐同樣也是抱了抱拳，回禮道：「找我有事？」

「小子凌當。」我暗暗吸了一口氣，壯了壯膽，大聲道：「今日正午，還請步大俠與我決戰黑木之巔，不死不休！」

「姓淩……」步嵐若有所思的看了看我，眼神悠遠，好像想起了什麼往事一樣。雖然不發一言，但身上的氣勢卻是驀地一盛，讓我的心情又是一緊！

半晌，他這才好整以暇的開口：「呃……不死不休？那不死而休可以麼？」

「不死，也可以。你認輸，奉我為武林至尊即可，我會賜你一死。」強忍著胸腔間的驚心動魄，我強自鎮定的說道。

「呃……這也要死？嘿，這可不成。」步嵐嘿嘿一笑，好像想起了什麼往事一樣，笑道。

「那麼黑木之巔，我倆不死不休！」我看見他臉上那勝券在握的笑容，心中也是有氣，強行壓下心中的驚駭，拋下了一句狠話，便是轉身就走！

「兄台慢著。」才剛剛邁步，步嵐便是揚聲叫道。這一揚聲，卻是讓我渾身上下的寒毛都是一豎，渾身上下的肌肉都是立即繃緊至極，只待他一出手，便是有所動作，或閃躲、或還擊，這一步邁出，便是至少有著三十六道變化，每一道變化都是連消帶打，攻守兼備的精妙招式！

「什麼事？」我緊繃著臉，心中暗暗戒懼，問道。

「我想問你，是如何找到我的？」步嵐見狀，卻只是淡淡一笑，眼中有點好奇的問道。

我指了指他門楣上的橫批，冷哼一聲：「『蕩步紅塵』，反過來就是『狹道綠林』。武林之中，最能稱為『綠林』的隱居之地，就只有這片永翠竹林。步大爺，提示如此明顯，未免把天下人都是看扁了。」

「呵呵，兄台好敏銳的心思。」步嵐微微一笑，卻是不以為忤，說道：「正午，黑木之巔，我會去的。」

「……謝謝。」我頓了一頓，抱拳道。

儘管我與他之間，已是不死不休，但身為武林至尊，這一聲道謝卻是需要的。

「不謝。」步嵐看了看我的背影，眼神微動，喃喃的回道。

＊＊＊

烈日當空，黑木之巔。

只見身形一晃，一道黃衣藍冠的身影便是出現在巔峰之處，巍然而立，與高聳的黑木山融為一體，彷彿就是一道無法逾越的山峰一樣。

我在地上緩緩站起，面色凝重的看著那座山峰，那號稱天下第一的巔峰，步嵐。

「如你所願，我來了。」步嵐淡淡一笑，彷彿一切都只是雲淡風輕，過眼雲煙一樣，一步踏出，卻是有如川渟嶽峙，讓我壓力大增，身上的氣勢也是隨之一弱！

「哼，步大爺，你殺我父親，害我母親鬱鬱而終，此仇不共戴天！」我面色一沉，厲聲喝道。然而，在那屹峙的氣勢之前，卻是顯得有點聲厲內荏。

「你父母？」步嵐前進的腳步頓了一頓，微微皺眉，問道：「誰啊？」

「哼，我母親乃是天下第一美雀，琉璃門淩貓兒。父親死後，她便不肯再提父親的名字，鬱鬱而終！」提起母親，我心中便是憤憤難平，大聲喝道：「步嵐，還不快快授首？」

說罷，便是快步上前，一拳往步嵐打去！

誰知，步嵐卻是不閃不避，面色大變的看著我：「凌貓兒？你是凌貓兒的兒子？」

砰！

一拳正中步嵐的鼻子，一時之間，竟是鼻血長流！

「正是！你害得我父母雙亡，我今日若不殺你，天理不容！」此刻心中的驚懼已是盡數被憤怒蓋過，一拳擊中，便是一腳踢出！

「你聽我說……」步嵐面色又是一變，一時之間竟是忘了招架，連連搖手，想要解釋些什麼。

砰！

這一腳攔腰踢中步嵐，此擊乃是含怒出手，竟是再沒留手，強大的衝力竟是要把步嵐都要踢下山崖！

「我才是你的父親啊……」一聲慘呼，步嵐竟是被我一腳踢下黑木山峰，飛流直下！

「什麼？」我面色大變，連忙展開雙翼想要把他救回來，問過究竟，然而，黑木山之下鴻蹤杳渺，哪裡還有他的身影？

一代至尊，就此消失不見。

《喬裝》 作者：季節

鴻鵠派自創派以來已百餘載，與其他名門正派相比較雖是聲名不顯，卻是憑藉著祖師一代傳承下來的俠義之道，早早在江湖上站穩了腳跟。

作為一個小門派，鴻鵠一派最為人所知的便是其輕功之卓絕，傳聞老祖宗與鳥兒相伴長大，感情深厚，所創的武功絕學也將雀鳥的姿態動作融入其中，最初老祖宗雖是寂寂無名，但憑著這一身的功法和手臂上的一隻大白雀，最終在武林大會上一鳴驚人，尤其是一身輕功，更是讓別人黯然失色。

自那時起，鴻鵠派便與鳥脱不了關係，就連小村子裡的黃毛小子也曉得，鴻鵠派的弟子最易辨認：這些弟子總會帶著一隻鳥，而且大抵也是與雀鳥相互濡染已久的緣故，他們的走路姿態都與常人不同。

我作為一名剛獲得入門資格的弟子，雖然不清楚自己的動作是否與常人不同，卻是很明白，眼前這隻師門分發的大白鵝，恐怕得與我相處好一段時日。

大白鵝眼神凶惡，只要我把手湊近，便要伸頸來啄我。

我長歎一聲，與負責分發鳥兒的二師兄相顧無言，二師兄率先受不了這尷尬，搓搓手，呵呵笑了一聲，「師弟，大白鵝與老祖宗的大白雀僅有一字之差，再看這鵝的剛烈性子，定是難得一見的奇材，與之相伴，必定獲益良多啊！」

二師兄忙要收了攤子，我看著在他臂上顛簸的燕子，心生羨慕。

正要離去，卻聽見附近柴房爐灶處有人驚詫道：「今日大師兄歸來，留著要為他接風的那隻大白鵝怎麼竟丟了？」

這話在我耳裡徘徊了好一陣，我低下頭，與大白鵝相望。然後牠又要啄我。

再抬頭時，二師兄已經使用獨門輕功溜得不見人影，我只好抱起鵝，一手捏住牠的喙以免被啄。正心下發愁，肩膀卻被從後拍了一下。

我回頭便見大師兄和他的青山雀。大師兄是掌門的親傳弟子，幾年前學有所成，常常下山行俠仗義，性格也是十分爽直，每趟出行都會為師門兄弟帶回珍奇土產。我雖是剛剛入門，但已在門派裡作為打掃童子幹了好些年活，與大師兄也是相當熟稔。

才一見面，大師兄便把一個皮袋子塞到我手裡，我一揉捏，便感覺袋中物冰涼柔潤，像是糕點。

「子笙，我在山下得知你獲得師叔提拔，師叔脾氣古怪，想必你吃了不少苦頭。」

我正要感動，又見大師兄看了看四周，「說來我剛逛了一圈回來，怎不見小師妹？」

這感動的話便堵在咽喉，不上不下的，我忙清了清喉嚨，把這感動吞回了肚子裡——恐怕，大師兄比較在意的還是「小師妹」。

雖然，那分明是小師弟才對。

說來也該是一樁美談。大師兄年前下山，在一縣城裡碰上了豪橫肆意強搶民女，路見不平，便在豪橫與民女拜堂途中強行闖入大鬧一番，豪橫勢力強大、爪牙眾多，大師兄一時陷於苦戰，怎知民女竟於危難之際掀掉蓋頭，從鳳冠霞披裡硬是抽出了一把長劍——民女，居然也是一位古道熱腸的少俠。

於是兩人在大宅裡殺了個七進七出，把這個勢力清除乾淨。日出之時，大師兄見少俠志趣相投，便邀為同道，把他帶回了鴻鵠派內，掌門看他資質優秀，又加上個性仁義，親授功法之餘，更任命大師兄負責管教各事。

只是奇怪的是，明眼人都看得出來這少俠儘管容貌秀美，但也的確是男兒之身，唯有大師兄，一直稱他為小師妹，總是不肯糾正。旁人見了，看在對大師兄的敬愛上也不好多說什麼，只有「小師妹」性子暴躁，每次被大師兄這樣稱呼了，總要鬧一鬧脾氣。

「小師弟今日在靈泉峰上修行。」我咳了咳，沒有說出自己的猜測：小師弟大約是聽見了大師兄回來的消息，特意避不見面。

大師兄恍然道：「既是如此，我便去尋她，糕點放久了便不好吃。」

他自說自話的走了，我為免鬧出人命，也趕緊抱著大白鵝跟在他身後，不時看向大師兄的青山雀，看人家多麼嬌小輕靈，再看懷裡這隻笨重凶惡的大白鵝，只得再次長歎一聲。

靈泉峰上，小師弟正在木樁上撒飼料，餵食他的知更鳥。聽見動靜，小師弟轉過頭來，一見大師兄，眉頭頓時皺成了一座山。

然而他倆還沒有進一步的互動，大師兄的青山雀卻先見了飼料，從他的肩上飛落到木樁上，可牠正要啄食之時，竟被知更鳥一爪踢飛！

幸好青山雀靈活，抓住了木樁的邊緣險險不掉下去，然後一個展翅，便從木樁騰飛起來，在半空繞著知更鳥的頭頂盤旋了一圈，就返回了大師兄的肩上。

我看著這一幕有些呆怔，半天不敢言語。大白鵝見了這一幕倒是來了興致，竟然掙脫了我的手跳到地上，呱呱亂叫起來。

「小師妹，近來可好？」大師兄一邊伸手安撫青山雀，一邊溫和地問道。

「見了你便不好。」小師弟不耐煩的回答，「別叫我小師妹。」

「好的，小師妹，明天要一起練功嗎？」

小師弟冷淡道：「我沒空。」

大師兄搖搖頭，「真是可惜，難得師傅有空，要親傳武學。」

小師弟的臉色起了一些變化，「師傅有空？」他稍稍沉吟，「明日我會去。」

「如此甚好。」大師兄好像心滿意足，他繼續安慰著委屈的青山雀，邁步離開。

我本是跟著大師兄走，卻在半途記起大白鵝，便急忙折返回去。

山峰之上，小師弟的聲音隱隱約約飄至我耳邊，他似乎正在與知更鳥說話：

「你說，我的喬裝，為什麼偏偏被他看破了呢？」

《銀光闕》 作者：茵菓

我八歲那年，首次與父親進入先皇的地宮。

先皇大行已逾十載。新帝叡是個貌似清雅，實則毒辣的陰沉之人。

熒火通明，石壁上繪有天河星象。父親隨意在幾個星宿上敲擊數下，地宮之門匡啷開啟。

眼前的地宮，一切與皇城裡的禁宮無異。難以計數的宮燈，點亮整座華靡奢豔的宮闕，然、杳無人跡。

靜的彷彿只剩下燭芯焚逝的聲響。

時間，似乎都靜止了。

「父親？」我有些心怯，捱近父親幾步。

父親不語，牽著我的手，踏上那一階階通往殿央的梯。由極北冷玉打磨而成，梯上泛著幽光；寒意穿透鞋底，滲進我的體內……

「這座地宮窮我司徒一門三代人的心血，落成之日，我兒還尚未出世。既是我司徒後人，豈能不親眼瞧瞧這地宮的輝煌。」父親喃喃道，像是在對我說，也像是在感慨自語。

父親指了指宮殿下方那無邊無際的池水，水面銀熀熀的，但卻深不見底。「那是辰砂，含有劇毒，常人只要待上半刻，便會七竅出血。」

我連忙去摸自己的臉，只怕自己也中毒了。

「無妨。」父親淺笑，釋道：「幸有祖上特異體質，這辰砂氣味，傷不到我等。」

我鬆了口氣，轉眼已來到殿前。

「臣司徒宛攜子，拜見先皇陛下。」父親在殿前叩首，也示意我同他一般。

我的額貼在冷玉磚上，清楚的看見那每塊青透的玉石裡，都崁入一張紙片；定睛一看，上頭寫著一個陌生的人名，還載有一個年歲時辰。

那時的我尚年幼，也不知那一張張女子名諱旁，寫的究竟是生辰抑或是死忌？

依然靜無聲息，只聞父親的喘氣與我的哆嗦。

父親起身，一併將我自地上帶起，我倆步伐恭敬的入殿。

殿裡，左右文武百官齊聚，百人有餘，皆為陶俑。盞盞宮燈裡，人魚膏燭千年不滅。

行至殿央，又見一座鎏金雙雀飛逐像，可比父親還要高。

父親一個縱身，踢飛左側的雀鳥。我吃了一驚！眼下只剩孤鳥展翅而飛。

墜落的雀鳥，撞碎了一旁數十座人俑，一顆俑頭滾到我的腳邊，我下意識看了一眼，那俑頭的容貌……赫然是父親的臉。

父親彎身抱起俑頭，一步步往龍椅走去——

龍椅上，一具天尊地貴的白骨，枯目的與父親對視。父親掄起對方的領子，將白骨重重的甩在地上。

先皇瞬間身首異處……

父親抱著自己的頭，慢慢的坐上那龍椅。片刻，對我招了招手。

「我兒過來，今後我們便是這地宮的主人。」

《神打臉》 作者：嵐靈

天朗氣清，溫暖的陽光透進屋內，伴隨著清脆的鳥鳴，本來是美好一天的開始。但今天是要去慕容家的日子，我真的不願起來面對那兩隻小魔怪。

慕容嵐、慕容步是一對雙胞胎姐弟，性格南轅北轍已經算了，偏偏又要水火不容，每次見面小則明嘲暗諷，重則大打出手。作為他們的老師，見到他們真的一個頭兩個大。

但不知道慕容家主和夫人是裝瘋賣傻，還是慈父母眼中看的就是不一樣，硬要安排二人一起學習。聽說在我來之前，已經氣走了十來個老師，他們還是堅持要讓這兩姐弟在一起。

「這是我的……你幹啥要拿我的？」慕容嵐大叫。

「哪裡標記了是你的？我沒看到。」慕容步意氣風發的說。

「這明明是老師送我的。」慕容嵐反擊。

「老師也有送給我，你怎麼知道這是你的？」慕容步依然毫不退讓。

才踏進慕容家，已經聽到兩個小孩在爭吵，我的心情立即掉到谷底，看來今天也是難過的一天了。

「告訴老師，為甚麼又吵架了？」我勉強堆起笑容，走向兩位小朋友。

「老師，慕容步拿了我的毛筆。」「慕容嵐說這是她的，但明明是老師送我的。」兩姐弟同一時間說。

「讓老師看看。」

我仔細查看慕容步手上的毛筆。因為前車之鑑，我送他們的東西都盡可能一模一樣，免得他們爭奪，但這兩娃兒又討厭在物件上刻上名字，他們說這樣很土。不過為了在必要時能分辨，我還是偷偷在上面做了些標記。

查看過毛筆，我很確定這是慕容嵐的，但為免說出事實會令二人立即開戰，還得小心一點說話。

「首先，我已經知道這支毛筆是誰的，但在說出是誰之前，我先跟你說個道理。」然後我把兩姐弟帶到後院，那裡有一根木柱，是用來餵飼小鳥用的，現在剛好有一隻知更鳥和一隻青山雀在上面覓食。

「你們看即使不同種類的雀鳥，也可以融洽相處，更何況你們是至親，所以你們也要好好……相處……才對……」我的話還沒說完，兩個小孩已經興奮地叫了起來：「打牠、打牠。」

「橙毛加油。」慕容嵐說。

「藍毛不要輸。」慕容步偏要作對似的大叫。

結果青山雀一下晃神，就給知更鳥抓準了機會，兩腳一伸便把牠踢離了木柱。

說時遲那時快，慕容嵐立即有樣學樣的把慕容步踢下台階。回過神來，二人已經打了起來。

看著二人打架，我真的有說不出的無奈，本來要說的話也再說不下去，只是呆呆的站在一旁，看著幾個下人強行把二人分開。

《雙鳥失群》 作者：蕩步詩人

因果如腸，輪迴如胃。

紫金鈴一晃烈火焚城，紫金鈴二擺煙消百獸，紫金鈴三響黃沙報喪。

金毛　一身紫衣長羅，三塊紫金鈴夜夜作響，將朱紫國鬧得生靈塗炭。為遮掩淒風之中的哀嚎，他只能不斷搖著鈴，一旁冷峻魔魅的玄衣男子，緩言道：「太歲，欲得美人，如此草菅萬靈，值得嗎？」

金毛　斜眼而對，應道：「倘若我沒記錯，這一切都是你所獻計的。」

「呵呵……紫金鈴只消三響，便可達到你的目的。太歲夜夜搖鈴只怕風聲大作，驚動天人。」玄衣男子微笑。

「那就不勞你費心了，我為卿狂，嘆遙遙無期。墮入凡塵，願生死相許……阿若公子始終是魔，一眼鍾情復知幾許？」金毛　一晃紫金鈴，熊熊烈火狠撲阿若。

阿若瞬間遭噬，紅光中，他以玩世不恭的口吻道：「七情六慾，盡在我手。獨步迢迢，凡塵若我。我若不懂，怎能成魔？太歲，好自為之。呵呵呵呵呵……。」語畢，餘燼嘲諷地消散於野。

次日，金毛　自稱賽太歲，在他狂妄的嘯吼之後，蠻橫地將美豔的王后—金聖宮娘娘從朱紫國王身邊帶走，那時正逢端午。

＊ ＊ ＊

麒麟山中，獬豸妖洞，群精歡聲，山寨妖王賽太歲欲於今日和金聖宮娘娘結為連理。閨中，金聖宮娘娘愁容，怕是盼不成夫君遣將相救，一想這即將而至的失節之痛，她終於悲聲而泣。

在洞房花燭之夜，金毛　欲強行床笫，所幸紫陽真人即時出現，將五彩仙衣披掛於金聖宮娘娘之身。

天命有定，此番出手僅此為限，使金毛　無法得逞，金聖宮娘娘得保名潔。

金毛　無奈之下，將怒火撒於朱紫國王，脅他挑選婢女供自己帶回山寨服侍王后。此等欺人太甚實令朱紫國王悲憤不已。

昔日孔雀大明王的話猶言在耳，「拆鳳三年，身耽啾疾！」自此真的鬱結成疾。

而金毛　夜夜索要婢女，原因無非是將那無處宣洩的慾火全數虐於婢女之身，直至夭亡。

而後便若無其事地向王后獻殷勤，閨中柔情似水；房外酷虐如炎！

天天月月，月月天天。金聖宮娘娘終於發現了金毛　的行徑，她自責眾多無辜婢女皆因她一人受劫。

這一晚，王后準備褪去五彩仙衣，了結一身怨孽。忽聞妖風灌洞，以為賽太歲歸居，牙一咬，回身而對，站在身後的是一位容顏邪美的玄衣男子。

玄衣男子魅眼如勾，輕笑而應：「金聖宮娘娘果然貌美如雲，怪不得能如此斜傾朱紫。」

「你……你是何人？」

「在下阿若，久仰了。」

「無論你是何人何妖，都快點離開吧……待那妖王回來，你就危險了！」

「娘娘如此母儀，不愧為一國之后。阿若甚是感觸，不過我到來是想和娘娘以禮易物。」

「何意？」

「先說一件喜事，很快便有行者前來搭救娘娘。」阿若俯視王后。

「陛下……原來還惦記著……。」金聖宮娘娘露出一絲欣慰。

「但國王也命在旦夕了。」

「為什麼？陛下出了什麼事？」王后急切地問。

「染病。」

「什麼病？」

「雙鳥失群症。」

「本宮未聞，請求阿若公子訴以其詳……。」王后潸潸淚下。

「有雌雄二鳥，原在一處同飛，忽被暴風驟雨驚散，雌不能見雄，雄不能見雌，雌乃想雄，雄亦想雌。這不是雙鳥失群也？」

「陛下……。」泣不成聲。

「如今娘娘只要付出一點點……方可救國王一命。」

「怎麼救？」金聖宮娘娘揪緊阿若的衣袖。

「只要將您身上的五彩仙衣交予在下，便可為國王除病續命。」

王后此時若有會意，質疑地問：「方才，阿若公子說要以禮易物，難不成此物便是五彩仙衣？」

阿若輕扶其頷，邪美之瞳如無盡深淵，他道：「非也，若先行索要，豈為禮？五彩仙衣只是成禮之媒，待國王身健痊癒，自當奉還。」

「謝謝阿若公子……。」

＊＊＊

修羅魔域，月見高臺，一塔通天只為伊人清靜。

聖女黎歌笑—唐霜遙望欄外世界，以為魔域也僅僅晦明，比起一成不變，她殊不知外頭屍骸腥風令人絕息。

被保護著，是多麼奢侈的無知。

阿若輕登而上，見心所朝暮的憑欄之影，未免心生酸楚。

來到身後，阿若輕撫黎歌笑的頭，她回首，無邪的笑，了然自己一身風塵。

「霜兒……。」

「阿若哥哥，抱歉剛才出了神，連你來了都不知道。」唐霜不敢與之相望。

「沒關係霜兒，在想什麼呢？」

唐霜閉眼搖頭，微笑地說：「沒什麼，阿若哥哥累了吧？我替你倒杯茶。」

「這等小事我自個來就好，霜兒，看看我為妳帶了什麼。」阿若取出五彩仙衣，其白素悅目，一席柔和如墜羽輕敲，五彩神光更添莊重。

「好漂亮……這是……？」唐霜的表情微之淡然，因她明瞭，這不凡之物必非善取。

阿若讀懂這一切，斂起擔憂的目光，話音更加輕柔：「這是五彩仙衣，狐裘不可卸，但仙衣加身便會隱沒，霜兒外出就多一分平安。」

當時，阿若並未歸還五彩仙衣與金聖宮娘娘，也並沒有醫治朱紫國王。

因為次日唐僧一行人便來到了朱紫國，朱紫國王的雙鳥失群症，在大聖爺的妙手回春之下得以痊癒。

阿若僅是搭了這順水之舟，順手拐羊。

唐霜雪亮雙眸，開心地問道：「真的嗎？阿若哥哥，我真的能夠出去走走嗎？」

「當然了傻霜兒……我何時欺騙過妳了？不過我還是得與妳同行……。」見她開心，阿若欣慰的笑了。

「嗯……有阿若哥哥在，就能去很多地方了。可是……。」唐霜再次黯然地看向那五彩仙衣。

曾經，他為了自己的殘命，不惜塗炭三界，雖然罪行不在自身，但一切罪業皆因自己一人……。

阿若為唐霜披上五彩仙衣，任之隱沒其身。回想當時金毛　被觀音大士及大聖爺收服之際說的話。

拆鳳三年，身耽啾疾……我為卿狂……三年之期如此虛晃！竟不比雙鳥失群？

阿若不由得默默哀嘆，同樣也是軟囚所愛，唐霜是否亦為失群之鳥呢？

此時唐霜輕攜他手，微笑道：「阿若哥哥……謝謝你至今為我做的一切。」

阿若一頷首，心下堅定。

為了這抹微笑，我願覆滅三界在所不惜！

題目：彩色針筒

「這裡有五支色彩繽紛的針筒注射器：亮金、深海藍、腥紅、森林綠和櫻桃紅。」

請以「彩色針筒」為題，創作一篇文，自由發揮。

唯一限制便是你的想像力，來，讓靈感迸發出瑰麗的顏色吧！

《三色藥劑》 作者：毛鼠之之

「站住！妳這個惡魔！」

一群人拿著棍棒，追著一位抱著一袋物品的小女孩穿梭在大街小巷，引來不少注目。

「又是她，真是位壞女孩。」

「果然跟那頭紅髮有關。」

人人對著小女孩指指點點，卻無人同情她，畢竟村內很常被這女孩偷竊各種物品。由於她跑的速度很快，至今都沒人抓的到。

而這次偷的東西跟藥劑有關，由於價格昂貴，傳出被竊之後，許多壯丁紛紛追了出來，發誓若沒抓到她，今天絕不罷休。

小女孩一心只想著如何甩掉後頭那群討厭鬼，就算撞倒許多攤位、嚇壞各種路人、在身上留下不少瘀青，她也沒放棄趕路，直到撞上一位從轉角走出來的男人，她才徹底跌了一跤，身上的物品散落一地。

「沒事吧？」男人伸出手，想把小女孩拉起來，後者只顧著收拾地上的殘局，沒有理會他。

「惡魔，妳逃不掉的！」一群追兵在後方吶喊，但看見眼前的男人，突然每一個面色凝重。下一秒，眾人紛紛丟掉身上的武器，全部跪了下來。

「拜見大人。」

小女孩聽見後方追著自己跑的人全都跪下，還用奇怪的稱呼對著眼前的男人，不禁疑惑地站起來。

眾人看見女孩無禮的動作，紛紛在心裡搖頭，其中一位還忍無可忍，直接對著她破口大罵：「妳這惡魔，難道不懂禮數嗎？」

「全部起來吧。」忽然，男人一聲令下，讓在場的人都縮了一會肩膀，順從的站起來。

「大人，這個惡魔在我們村莊偷竊無數，非但不改惡習，今天還偷了村上最昂貴的藥材，所以小的才會追到如此地步，請別……」

「好了，我來處理就好，你們回去吧。」沒等村民說完，男人直接打斷他的話，眾人見他那嚴肅的眼神都嚇的倒退幾步，懶得管地上的武器，拔腿就跑。

小女孩見追兵都走了，心理徹底鬆口氣，正思考如何對男人道謝，頭頂卻傳來溫暖的觸感。

「妹妹，妳叫什麼名字？」對上眼前男人的視線，小女孩望著那深不見底的黑瞳，莫名有安心的感覺，但不敢鬆懈。

「大哥哥不要抓我。」小女孩沒回答他的問題，緊緊抱著懷中的物品，微微後退幾步，想要避開被摸頭的動作。

男人沒馬上回應，只緊緊盯著她。小女孩這時看見他的眼瞳閃過一絲藍光，驚訝得睜大眼睛。

「我不會抓妳，但需要妳親口跟我說，為何要用偷的呢？」男人蹲下來，望著小女孩水汪汪的大眼。

「我沒有錢，哥哥最近生重病，需要治療，而家裡只有我跟哥哥而已，本來也想找個工作，但村上的人卻認為我是惡魔！所以只能用這個方式生存……」小女孩越說越小聲，眼淚因壓抑不住流了下來。

男人靜靜地望著小女孩流淚，不發一語，直到小女孩情緒平復，他才站了起來。

「回家吧。」他對著小女孩說道，並將她抱了起來。

「大哥哥……你要帶我去哪？」小女孩沒被人這樣抱過，小小的身軀開始抗拒。

「妳家啊。」他微笑著。

只見一陣涼風吹了過來，他們消失了，只留下現場被遺留的紅色藥劑，在陽光下閃閃發光。

＊＊＊

小女孩睜開雙眼，發現眼前正是自己家，立刻掙脫男人的懷抱。

「哥哥！哥哥！」她不顧後方的男人，直直跑進家中，打開房間的門，只見床上躺著一個男人，年紀看起來跟小女孩有些落差，面色蒼白，臉頰消瘦，眼神卻充滿光彩，望著自家妹妹。

「辛苦妳了……咳咳！不對！後面那個人是誰？」看見陌生人踏進自家中，他皺起眉頭。

「他是好心的大哥哥，剛剛是他帶我回來的。先不要管，你必須先吃藥！」小女孩連忙拿出懷中的袋子，把裡面其中一瓶藍色藥劑取出來。

但是床上的男人此時突然大叫起來：「小亞！你難道不認識這位大哥哥嗎？快跟他道謝！」

「哥哥的命最重要！」小亞似乎不理解哥哥反應激動的原因，專注研究著如何把藥劑打開，明明是裝在瓶子裡，怎麼打不開啊，下方那根長長的又是甚麼？

「小妹妹，讓我來吧。」倚靠在門口的男人看不過去，將小亞手上的藥劑接了過去，後者呆呆地望著他動作，而床上的男人充滿敬意的對他點頭。

「勞煩您了，大……」

「不必多禮，這是我該做的。」打斷他的話，男人將手上的藥劑調整位置後，向床上的男人手臂刺了下去。

沒見過這種畫面的小亞，驚恐的尖叫著，不停拍打男人的身體，叫他住手；但後者很淡定的把已注射完的藥劑取出來，還給激動的小亞。

「這個要這樣餵，不然妳的『努力』會白費喔，記住在傍晚時分，再餵綠色藥劑就好了。」男人拍了拍小亞的頭，並站起身。

小亞聽完他的話後，才冷靜下來，望著手中空空如也的奇怪瓶子，轉頭望著床上的哥哥，此上閉上雙眼，看起來是睡著了。

「謝謝大哥哥……」小亞說出口時心跳加速，她太久沒向人道謝了。

男人默默地對她微笑，並向她揮手，離開了房間。

而小亞送走男人後，專心的照顧自家哥哥，沒發現外頭剛離開的男人，正停下腳步，望著他們的住家，充滿威嚴的神情轉變成詭異的笑容。

＊＊＊

傍晚，在空無一人的街口，出現一道黑影，近距離觀望，完全看不清他的臉龐跟身軀，此時，他正撿起地上的紅色藥劑。

「看來這一切，大人早就心知肚明呢……。」他自言自語著，握著藥劑的手稍微一施力，裡頭的紅色液體流了出來，宛如幾絲鮮血從他的手流出。

奇怪的是，液體滴落在地上時，原本白色的地磚漸漸轉黑，還冒出奇怪的紫色泡泡。

「呵呵，我就知道你的陰謀。」一道聲音從他後方傳出，黑影往後一看，竟是他口中的「大人」，也就是早上幫助小亞的男人，正帶著微笑望著他。

「既然知曉，就殺了我吧。」黑影緊繃的回答著。

「藍色代表治癒，綠色代表希望，紅色代表毀滅，這些做成藥劑是為了讓自家小孩直接實驗，順便剷除後患，您說是吧？小妹妹的『爸爸』？」男人沒回答黑影的話，自顧自地講出對方目的。

只見黑影頓了頓，一副心虛的模樣，但下一秒，他突然往男人的方向衝過去，刷的一聲，原本拿著藥劑的手冒出一把黑色長劍，快速往男人的胸口刺下去。

而男人只是微微側身，躲開他的攻擊，一手抓住對方拿著武器的手，力氣之大，令黑影痛的鬆開武器。

「你根本不懂，那種小孩只是垃圾！」黑影激動地大吼，男人聽完，面色不改的將他的手鬆開，順著力道將他往後推，黑影被推的重心不穩，跌了一跤。

「他們不是您的孩子呢，而您只是奉命行事。」男人維持悠閒的態度，並走向黑影，蹲下來望著他。

「吉維安！別以為你的力量可以控制一切！」黑影望著他那輕鬆的神情，大叫男人的名字。

「是啊，我不可以呢。但是我可以，控制您的實驗品。」吉維安保持著微笑，伸出手，對著不遠處輕輕一指，黑影看著他的動作，嚇的冷汗直流。

只見地上冒泡的紫色液體漸漸凝固起來，自動跑進掉在地上已破裂的藥劑瓶，變成原先的紅色模樣，飛進吉維安的手中。

「直接殺了我！」黑影不停倒退，望著眼前帶著笑意的男人，此刻宛如一位死神，宣告著他的死期。

「那可不好玩呢。」吉維安微微起身，單手抓住對方的肩膀，眼前的黑影變成一位身穿白袍的紅髮男人，看起來他是用隱身法術將自己的模樣藏起來，現在被解除效果。

男人不停掙扎，卻掙脫不了吉維安的力氣，只見後者單手調整手上的紅色藥劑後，對著男人輕聲說道：

「自做的孽，該自行承擔，接受懲罰吧，真正的『惡魔』。」語畢，他以極快的速度，將藥劑「餵」給男人，隨後站起身，不理後方的尖叫聲，迅速離開現場。

只見巷口流出一大片又紅又紫的液體，在夕陽照耀下，看似一幅美麗的圖畫，鑲嵌在空無一人的街口。

《恐怖博物館》 作者：古潮兒

在一所新成立的博物館內，新任館長陳蓮娜跟新來的助理洛不凡見面，介紹該博物館的館藏和未來的發展。

「我們矢志成為鄰近區域內數一數二的博物館，我們擁有豐富的館藏和嶄新的技術，這些都是其他博物館辦不到的。我敢說，這間博物館是最好的，無論是展覽的規模、市民的參與度和評價，以及創新發展等都足以傲視同儕。」面帶強烈自信的陳蓮娜帶領洛不凡來到博物館內的一個展廳，該處正在展出最新的人體展覽，陳列著一具具經過塑化的男女屍體。

「這些都是了不起的館藏。好奇一問，他們是自願成為展覽品的嗎？」洛不凡問道。

「好問題。他們全部都是自願的，因為當他們成為展品之後，便能夠擁有永生。」陳蓮娜說。

「什麼叫永生？難道他們是宗教信徒嗎？」

「來，讓我帶你去參觀我們的工場，你會感到大開眼界。」陳蓮娜說畢，立即帶領洛不凡來到博物館內的工場，與其說工場，那裡更像一所實驗室。

在實驗室的正中央擺放著一個鐵籠，內裡有一隻張牙咧嘴的狗，在牠身體上下不同的部位皆接駁了多條光纖以及電線。那隻狗雖然不斷掙扎，但被綁起來的牠卻動彈不得。與此同時，陳蓮娜取出數支不同顏色的藥水針筒，然後將紅色的那支藥水注射進狗隻的體內。

「我們擁有劃時代的科技，這種紅色的藥水會將那隻狗的生物數據，包括牠體內的每一個細胞，全部上載至我們的超級電腦內，這部超級電腦連接住一部生物打印機，它可以把狗隻原原本本地複製出來。」陳蓮娜說畢，生物打印機便把狗隻的細胞逐一複製，不消十五分鐘，一隻跟剛才的狗一模一樣的立體模型便出現在藥水缸內。

「難怪你們可以擁有數量那麼多的館藏，它們都是了不起的展品。」洛不凡說。

「我現在帶你去看另一樣東西。」陳蓮娜向洛不凡報以一抹邪笑。

在實驗室的另一角落擺放著一張床，那裡躺著一個彌留中的末期病人，跟狗隻一樣，全身上下不同的部位都接駁了多條光纖以及電線。

「老伯，你考慮清楚沒有？想不想擁有永生？」陳蓮娜問。

老伯點頭示意，並在承諾書上簽名。

「好極。老伯你平日最喜歡吃什麼？」

「蘋……果……」老伯以虛弱的聲線回答。

「冇問題，很快你便會如願以償。」話畢，陳蓮娜便將藍色那支藥水注射進老伯體內，「這種藍色的藥水會將老伯的大腦意識數據，包括儲存在他每一個腦細胞內的資訊，全部上載至我們的超級電腦內。」

老伯體內如同遭到極刑一樣，面部流露出極度痛苦的表情。當意識數據上載完畢後，便一命嗚呼。

「老伯已死，妳怎樣幫他？」洛不凡好奇一問。

「答案就在最後這支綠色的藥水上。」陳蓮娜表情詭異地說。

話畢，陳蓮娜將綠色的藥水注射進剛才那狗隻的複製品體內，狗隻被注射完畢後，身體開始挪動，不消一會，狗隻便站起身來。

「那是興奮劑嗎？」

「這支綠色的藥水是將他的靈魂下載到生物載體中。」

狗隻慢慢走出藥水缸，直至牠發現陳蓮娜手中那隻蘋果後，便馬上吠起來。

「GOOD BOY……慢慢食。」陳蓮娜把蘋果送給狗隻啃噬後，在旁的洛不凡看至目瞪口呆。

「永生一詞……對人類非常吸引，甚至會不惜任何方法……去得到。怎樣，你對我這所博物館有什麼看法？」

「果然……非同凡響，這才是我渴望已久的工作！」洛不凡說話時面容神態猶如看見自己偶像一樣。

「嘿嘿嘿……歡迎加入……我們。」陳蓮娜面上出現猶如魔鬼一般的表情。

《樂園》 作者：花火

「恭喜妳！獲得了通往樂園的入場卷！」一個帶著七彩高筒帽，面帶微笑的小丑出現在海倫面前。

海倫兩眼眼呆，掛著深深的黑眼圈說：「樂園？什麼意思？」

「意思就是妳即將通往沒有痛苦，也沒有低落的地方！」

「所以我可以脫離這屎一般的生活？」

小丑咧嘴高笑的說：「沒錯！」

「太好了！」海倫興奮的說：「那我該怎麼前往呢？」

小丑伸出帶著白手套的手，手上滿滿都是五顏六色的針筒。他愉悅的說：「選五個顏色吧！選完五個顏色，就可以去樂園囉！」

海倫看著他手上發著五彩光芒的針筒，忍不住的拿了一隻藍色針筒。

「那是沉靜針筒，拿到這個針筒的瞬間，心會變得特別沉靜，彷彿所有噪音都進不到耳裡。」小丑說。

海倫閉上眼睛，這份沉靜讓她感受到許久未見的安寧，不管是工作上的不如意，抑或是人際上的撲朔迷離，彷彿只是無意義的過往雲煙，但沉靜很快就消失了，於是她又拿了一支紅色針筒。

「那是熱情針筒，可以感受到內心的澎湃激昂，彷彿自己充滿力量，無拘無束！」

海倫發現自己突然振奮了起來，感覺什麼都不怕，就算天塌下來也沒關係！她心想人生再怎麼不順心，也只是暫時的而已，對她才不會有任何影響！但熱情也一樣很快就消失了，於是她又再拿起一支黃色針筒。

「那是溫暖針筒，可以給予妳溫暖。」小丑抱著自己的身體說。

海倫感受到一股熟悉的溫暖，她想起小時候和爸爸媽媽一起坐在壁爐旁，玩大富翁遊戲時的情景，那段日子是多麼單純且美好，她好想回到那時候，但這份溫暖也在短暫時間後全然盡失。

她又再拿起一個綠色針筒。

「那是開懷針筒，讓你事事開懷無煩惱。」

海倫感覺自己彷彿置身在一片一望無際的大草原，這裡沒有任何煩心的事可以打擾她，她覺得自己像隻無拘無束的草原斑比，可以在大草原上自由的跳躍……

又拿一隻紫色針筒。

「那是歡笑針筒，可以不斷的保持歡快的笑容喔！」

海倫突然間開始笑個不停，一直一直笑個不停，比開心還要更開心，笑得嘴角和眼角都開始歪曲，更帶著不少的歇斯底里。

她拿起最後一隻無色的針筒。

「這是樂園針筒，可以讓妳……」

＊　＊　＊

「碰！」

警方破門而入，發現了一副已經開始骨化的身體，真難以理解為什麼鄰居會認為近一個月的惡臭，只是來自幾隻死去的野貓？

「整個桌子上都是針筒。」一名女警調查桌子後說：「一次吸那麼多，不死才怪。」

另一名員警拿相機拍攝現場，他拍著被屍水滲透的沙發說：「也許就是因為這樣，她才會吸那麼多吧。」

《古詩傳說》 作者：放鶴

月黑風高，這是一個陰暗的森林。

古潮兒面色難看的看著把他團團圍住的特種部隊，抿著嘴，沉默的不發一言。每一個特種部隊手上，都是有著一柄柄黑得發亮的槍枝，瞄準著他身上的每一個部位，讓他不敢稍動。

「嘿嘿……古教授，乖乖把試劑交出來，我們饒你不死！」特種部隊後的那人，一身整潔的西裝，臉上掛著勝算在握的笑容，就像獵人看見掉進陷阱裏的獵物一樣。

只見古潮兒身穿白色的實驗袍，手上拿著五支針筒注射器模樣的容器。而在容器之內，分別有著紅、藍、綠、金，四種顏色的液體。

「奇美拉……生物公司麼？你們休想得到我的研究！」古潮兒看著特種部隊後方的人影，一咬牙，便是大聲叫道。

他的研究，若是落在錯誤的人手上，動輒便是災難性的後果。那種技術，根本便是不應存在於世界之上！

然而，他沒有想到的是，即便是躲進深山裏研究，也是躲不過這幫人的追尋。

「哼，敬酒不吃，吃罰酒？」在部隊身後的人影冷哼一聲，便是喝道：「殺了他！」

咔嚓……

子彈紛紛上膛，一個個槍口指著古潮兒，只見特種部隊們手指微扣板機，眼看子彈便是要從槍口射出！

眼見古潮兒便是要死在子彈下之際，只見他一咬牙，便是把手上綠色的注射器戳進手臂上的動脈之中，注射！

「嗚……」一聲痛呼的嘶吼在古潮兒的牙縫間迸出，他只覺渾身血液之中，也是一種火熱，從外表看去，那針筒之中的液體注射之處竟是變得一片墨綠，而且隨著他的血氣運行而逐漸蔓延！

砰！

一個特種部隊的隊員首先扣下扳機，率先隨著古潮兒開火！

砰砰砰砰砰！

其餘的特種部隊的隊員也是瞄準著古潮兒的身體各個部位而開火，務求讓目標死得頂透！

槍火乍現，在刹那明亮的一瞬間，竟是看見古潮兒注射的手臂竟是變得粗大異常，肌肉高高賁起！

砰！

砰砰砰砰砰砰！

數十多道子彈擊中了古潮兒的身軀，一時之間，他的身體之上，便是出現了數十個彈孔！

然而，出乎意料地，那些彈孔卻是一滴鮮血也沒有，而被擊中的位置，也是開始變成墨綠之色！

「這是什麼？」見此詭異的場景，在特種部隊身後的那個人影也是一怔，脫口問道。

吼！

一聲猛獸的巨吼從古潮兒的口中響起，只見他身上的肌肉一塊塊地隆起，瞬間變成了一頭綠色的巨人！

砰砰砰砰砰砰！

子彈再道呼嘯而出，直往巨人的腦袋而去，然而，那巨人卻是把手上其餘的針筒注射器往地上一丟，身子一躍而起，竟是一瞬間跳過了特種部隊的頭上！

那些特種部隊只覺眼前一花，那碩大無朋的人影便是消失不見，子彈也是落在巨人身後的樹木之上！

轟隆！

巨人在特種部隊頭上飛墜而下，猶如炮彈一樣砸下！猝不及防之下，十多個特種部隊成員竟是瞬間被砸得腦漿四濺，當場斃命！

眨眼之間，特種部隊便只剩下寥寥數人，看著眼前壯碩無比的綠色巨人，眼神中的驚駭，然溢於表！

吼——！

綠色巨人仰天怒吼，好像有著無盡的憤怒壓抑在心胸之中，不吐不快一樣。

那震耳欲聾的聲音，竟是讓倖存的那幾個特種部隊成員都是心神俱憾！半點也是使不出力量來，雙腿一軟，便是差點跪倒在地！

獵人和獵物的角色，一下子扭轉。

「你、你到底是什麼？」特種部隊之後的那人面如土色，失聲問道。

「蕩步……蕩步！」

意義不明的咕噥在巨人口中傳出，聳立的身影，成了他們眼中最後的一道景象。

砰！

地動山搖。

森林之中，烏鴉四起，彷彿有著甚麼在林中誕生。

《疫苗商人、神之針》 作者：挪拉夫

烈日當空，我背着行裝從 XX 之國向 YY 之國進發，不一會就已滿頭大汗，又累又餓了。我途徑平地時看見另一頭有個紮了很多帳篷的營地，入口處有成堆琳瑯滿目的珠寶，陽光下眩目得令人沒法直視，但好奇心還是驅使我前去探究。

「嗨，你好！」我問站在入口處穿着袍子、看起來像道士的人，「你們有沒有食物，我還沒吃早餐，肚子很餓。」

「噢！我尊貴的客人，請就坐，我馬上為你送上熱騰騰的食物。」道士把我帶到旁邊的帳篷，又命令僕人端來熱茶和肉丸，在兩個國家之間的荒蕪之地，能有這樣的招待算是不錯了。

「你是幹什麼的？」我不客氣地邊吃肉丸邊問道士。

「我是疫苗商人多德，我這裡有五種『神之針』疫苗，你要不要試試？」他的托盤上擺着五種不同顏色的疫苗。

「嘩，這些疫苗看起來活像毒品，你不是要把它們注射到我身體內吧？」我揶揄他，他還是笑盈盈的，我決定再吃他一包薯片。

「沒事的，容許我一一介紹，這支藍色的，是『投資神之針』，一經注射，你就擁有神一般的投資觸覺，買什麼地產什麼股票都會升值十倍以上。」

「這麼厲害的東西通常都有很大的副作用（嚼嚼嚼……）。」我說。

「不不，那算不上什麼副作用，只是人會變得更追名逐利，畢竟醉心投資的人都這樣，這是人的本性。」

「那我豈非不會再背着背包四處旅行了？」

「當然，你這樣的旅行是高風險零回報的愚蠢投資，當你富裕起來，就不需要這樣旅行，你可以乘坐專貴的跑車，僱一個專屬的司機，載你到你喜歡的地方。」

「好像不太好玩。那粉紅色的是什麼。」我接着問。

「這是『情愛神之針』，打了之後你就會進入桃紅色的幻想世界，所有絕色的美女都將是你的妻妾，你愛做什麼就做什麼愛，愛什麼都做就做什麼都做愛，很正，對吧。」

「好像是，」我聽到一頭霧水，只好頷首，「反正就是滿滿的愛了。」我指着另一個帳篷裡熟睡的人們，「就像他們？」

「真聰明，雖然會令人昏睡，但嚴格來説這種疫苗沒有副作用，因為在你滿足之後就會自行醒過來，但注射了疫苗的他們都已沉睡了好幾年，看來他們樂在其中呢！」他不懷好意地淫笑。

「嗯……暫時不需要了，我還有很多其他事情想做。其他的呢？」

「噢，紫色是『愉悅神之針』疫苗，打了之後你做什麼都會感到非常快樂，連看人們生吞蝙蝠、看恐怖片都會哈哈大笑；黃色這瓶是『時空神之針』的疫苗，注射之後你想去哪裡，就能馬上瞬移到那裡……」旁邊突然出現一個男人。

「道士，快把我變回原狀！」男人跪在地上乞求道士。

「你是誰？」

「我就是剛才打了『時空神之針』的那位。」

「我早跟你說過，疫苗沒有副作用，但能力的後果要自行承擔，剛才我們簽了合約，承認所有法律責任全在你方。現在藥水已經侵入你每個細胞，除了重新投胎，誰都沒法把你變回原狀！」道士把男人推開。

但男人還是死纏爛打。

「求求你啊！我現在根本停不下來，只要腦袋想着某地就突然瞬移到某地去，飛來飛去令我根本沒法生活啊！」

我邊看着他們吵鬧，邊吃着沙律和意大利面，僕人還端來草莓慕絲。

「真煩人！好吧，有一個方法，你看看天空，太陽又大又熱是不是？」道士說。

「那又怎麼。」

「人們說太陽的表面其實不熱，你信不信？」

「太陽……」男人話沒說完就突然消失了。

我嚇得從鼻孔中噴出意大利面來。

「多德先生，對不起，我有點不舒服，我還是先走了。」

「『愉悦神之針』也不需要了？」

「不了，無故大笑我怕會被人當成神經病。」我起身來，準備拿了行裝就走。

道士立即把我攔住。

「臭小子，吃我這麼多東西什麼都不買，別以為我叫多德就多有德行不會揍你。我幹這行之前可是泰拳冠軍，要不是疫情令比賽都取消了，我用得着在這裡擺攤檔賣疫苗？」道士脱下袍子，渾身都是肌肉，立刻順手捏碎了一個玻璃杯。

「且慢，你還沒告訴我第五支疫苗是什麼？」

「那只是莫德納出產的普通武肺疫苗，價錢和其他疫苗一樣，都要花十個銀幣，而且副作用不明，但聽説保護率比科興高幾十倍。」

「我就要這支好了。」我看了看包裝的盒子，寫着 Moderna，看到 made in America 的字樣，我安心了不少，雖然最近頻頻有武肺疫苗打死人的新聞，但至少是不是山寨貨，「但記得要給我證書，那我到 YY 之國之後就可以豁免十四天強制隔離。」

「隨便你！姑娘！打針！」看我付了款，那個渾身肌肉的商人終於放過我了，兩個戴着口罩的護士姐姐過來幫我把手臂麻醉，快速注射了一劑。我感覺手臂酸軟，渾身無力，但還是趕快走好，臨走之前還拿了疫苗的盒子做紀念。

我看了看盒子，看到建議售價是2個銀幣，我感覺自己被騙了。下次看到街上有奇怪的人在賣奇怪的東西還是不要走過去好了。

《回憶圖書館》 作者：琉璃異色貓

俞穎嵐按廣告上的地址來到琉璃巷的巷尾。

那條小巷就跟香城上千條後巷一樣，狹長而隱蔽，毫無特色可言。唯一分別，大概是這條巷一塵不染，地上既沒垃圾，也無積水。

琉璃巷的盡頭，只有一扇象牙白的鐵閘，看來再普通不過。

俞穎嵐試探地伸手輕輕一推，鐵閘隨即向內打開，眼前竟是個偌大的廣場，廣場盡處立著一座仿古希臘巴特農神殿的大理石建築。

她不禁回頭細看，那鐵閘可是愛麗絲的兔子洞？門後竟然別有洞天？

俞穎嵐雙腳不由自主地往那幢方型大理石建築前行，越過一根又一根純白大理石圓廊柱，終於來到建築物的正門。

門鈴上方有個小巧的木刻門牌，上面雕有「回憶圖書館」五字。

俞穎嵐深深吸一口氣，按下門鈴。片刻，兩扇大門猶如電閘般自動向兩邊打開。

回憶圖書館的樓底極高，大概是採光出色，室內光線柔和而明亮。正中央是個弧形的磨砂玻璃接待台，台後站著一位笑容可掬的圖書館管理員。

應該稱她為圖書館管理員吧？俞穎嵐不肯定，畢竟她對回憶圖書館一無所知。

「歡迎光臨回憶圖書館，麻煩出示圖書證。」圖書館管理員禮貌而公式地招呼。

俞穎嵐一怔，「呃……我沒有圖書證。」

「新會員嗎？麻煩將智能手環放在這個閱讀器上掃一掃，系統會自動讀取你的個人資料並替你登記。」圖書館管理員指向一部純白的閱讀器。

俞穎嵐按指示將手環往閱讀器上一掃，閱讀器亮起白光，隨即發出「已讀取完畢」的提示。

半晌，閱讀器傳出鐳射打印般聲響，然後吐出一張奶白色證件，卡上沒有會員資料或編號，僅得一方晶片。

圖書館管理員取出會員卡，連同一本牛皮手帳遞予俞穎嵐，「你的圖書證。還有這是圖書館的服務價目表，若有不明白的地方歡迎隨時發問。」

俞穎嵐翻開那本恰似高級餐廳菜單的價目表，左邊印有「私人藏書服務」，右邊則是「公共圖書館服務」。公共圖書館服務收費按顏色細分：白色免費閱覽、黃色 5 代幣、綠色 10 代幣、橙色 15 代幣、紫色 20 代幣、粉紅色 50 代幣……黑色價錢另議。

代幣兌換價：1,000 美元可兌換 1 代幣。

甚麼？！花近八千元才能換取一個代幣？還有那個顏色分類又是甚麼意思？俞穎嵐的視線匆匆移向「私人藏書服務」清單：讀取回憶 5 代幣、製作並存放圖書 5 代幣、抽取回憶 20 代幣；會員可免費閱覽戶口內任何私人藏書，另每本藏書可指定五名會員免費借閱，五名以上每位額外收取 1 代幣。

俞穎嵐倒抽一口涼氣。她雖然有備而來，可也沒料到代價如此高昂。

「我對私人藏書服務比較感興趣，可否詳細講解？」俞穎嵐此行志不在借閱回憶。

「這邊請。」圖書館管理員領俞穎嵐走向二樓一個房間，以職員證在門鎖上輕輕一拍解鎖。

房門徐徐打開，內裏四壁均是實木書架，中央則並排放置了十台貌似太空艙的密閉式裝置。

「這是我們的私人閱讀間。」圖書館管理員指向那十台太空艙，然後隨手在書架上取過一本藏書，翻開，內裏卻非書頁！

原來這家圖書館的藏書只是容器，容器內全都盛著色彩繽紛的注射器。

「這些針筒……」俞穎嵐已猜到八九分。

「回憶會因應內容呈現出不同色彩，盛載於注射器之內。」圖書館管理員走到太空艙，掀起一塊水晶面板，露出一管管接駁喉：「只要將注射器接駁到私人閱讀間，裏面的人即可讀取相關回憶。」

「那……讀取回憶和抽取回憶有甚麼分別？為何價錢差那麼多？」

「系統讀取回憶僅會複製並下載副本，回憶仍存於大腦之中；而抽取回憶則如同摘取器官，將徹底消除大腦內的正本。」

一股寒意直竄全身，教俞穎嵐雙臂起滿了雞皮疙瘩。

俞穎嵐舔舔唇，「我……一時間沒準備那麼多現金，可以分期付款嗎？」

「或者你可以考慮我們的會員積分計劃。」圖書館管理員不曉得自哪裏抽出一份小冊子。

俞穎嵐接過小冊子，翻開，內容大概指她可以「出租」回憶，寄存於公共圖書館供其他會員閱覽；每年將可按回憶的顏色分類獲發相應「利息」，而兌換所得代幣可用以支付其他服務。

「假如我藉出租回憶來賺取代幣，期滿後，那段回憶會自公共圖書館的目錄上撤除？」

「正確，因為你才是版權持有者。」圖書館管理員耐心解說：「你可以選擇續約，或繳交相關手續費，將回憶轉至個人名下的藏書目錄，又或是交由圖書館代為銷毀。」

「明白。」俞穎嵐深深吸一口氣，「麻煩你，我需要抽取今年 7 月 21 日的記憶。費用以出租另外五段回憶來支付，可以嗎？」

「沒問題。請插入圖書證。」圖書館管理員指向太空艙上的讀卡器。

讀取圖書證後，太空艙的弧形上蓋隨即打開，俞穎嵐按指示平躺在內，由圖書館管理員替她在太陽穴兩邊貼上感應器。

圖書館管理員按下「Ready」鍵，弧形上蓋徐徐落下，俞穎嵐沒入完全密閉的空間。圖書館管理員於儀錶板上鍵入俞穎嵐指定的日期，艙內面向俞穎嵐的顯示屏隨即亮起，開始播放當日所發生的種種。

父親將啤酒鋁罐捏成一團扔到角落，舉手便往她左頰甩了一巴掌。俞穎嵐伸手摀住耳朵，伴隨耳鳴而來的是一陣暈眩。

不，她不能昏倒！俞穎嵐當下拔足狂奔，拉開大閘撲向樓梯一直往上爬往上爬。那老頭明明喝得很多腳步不穩，可是不知怎地卻一直緊隨在後無法擺脫。俞穎嵐氣喘咻咻拼命往上爬，然後感到腦內哪一條筋突然繃斷，倏地轉身，右腳用力一伸！

豁出去了。

這種活在恐懼之下的日子，她受夠了。

那人來不及反應，雙眼瞪得老大，瞳孔擴張，然後排山倒海似的滾下樓梯，後腦率先著地。片刻，濃稠的血漿恍如慢動作般逐漸在石屎地上擴張版圖。

俞穎嵐站在樓梯頂，目無表情地盯著那具染血的軀體由輕微抽搐漸轉靜止。

「抽取完畢」的顯示燈號亮起，私人閱讀間內的燈光漸漸由微藍轉為亮白，顯示屏播放著湖面波光粼粼的隨機畫面。俞穎嵐抓緊床單的十指緩緩放鬆。

圖書館管理員俯身拉開喉管下方的抽屜，取出一支內容黝黑的注射器。

哦？竟是黑色的回憶？看來這位新會員將是難得的貴客。

《夢想的顏色》 作者：晴天天晴

這是一個沒有顏色的世界，所有的東西都是黑白兩色，生活在這世界的人類早已習慣，漸漸的也忘了「顏色」是什麼東西。唯有一個小男孩，偷偷藏有一本有色彩的繪圖書，這是爺爺生前留給他的秘密禮物。

在這沒有顏色的世界，人們不知何時將「顏色」視為不曾存在的神話故事，而小男孩也絕口不提自己手中有著一本證明「顏色」的書。

這一天上美術課的小男孩對手中的顏料很不滿意，除了白就是黑沒有別的了，老師發現他的異狀上前關心了他。

小男孩一不小心說溜嘴指著畫說：「這片山應該是綠色的，天空應該是藍色的。」

這些話讓老師和其他同學感到很驚訝，他們紛紛議論小男孩為何會有如此怪異的想法。

沒多久全校都傳遍了小男孩說的話，不知不覺中他莫名奇妙地成為了被排擠的對象。

小男孩憂愁滿面的回到家將自己關在房間裡，他拿出爺爺的繪圖書小心翼翼的翻著，喃喃自語的說：「如果這世界有這麼美好的顏色就好了。」

翻著翻著，書裡最後一頁的某一小角落，寫著：「想要顏色到顏色森林找藍精靈。」

小男孩歪著頭思考：「只有黑白的世界哪裡有顏色森林呢？」話一說完，那本繪圖書突然出現一陣白煙，團團將小男孩包圍著，待那陣煙散去後，小男孩也消失了。

他再次睜開眼時，眼前景象讓他驚訝不已的說著：「好美啊！」

小男孩又驚又喜的環顧四周，那五彩繽紛的鳥兒在鳴叫著，五顏六色的花兒隨風輕輕搖擺著，他將眼前的一切牢牢記在腦海裡。

不遠處來了一個女人，她美豔動人，全身閃著柔和的藍色，身邊還有白雲圍著，女人對小男孩笑了笑，伸手釋出善意。

小男孩害羞的伸出手，才發現他的手是黑白色，他立刻難過地將手收回去。

「手給我。」那女人笑的很溫柔。

羞澀的小男孩再次緩緩將手伸了出去。

女人牽起了小男孩的手，神奇的事情發生了，顏色漸漸在他身上顯現出來，這讓小男孩驚訝不已。

「我有顏色了，我有顏色了。」小男孩開心大笑著。

「別害怕去創造未來，你能主宰自己的夢想，顏色一直都在你眼前，只要肯去做，我們永遠都在。」

女人淺淺一笑將五種顏色遞給了男孩然後消失了。

一陣風吹來，一名男子手裡的繪圖書滑落到地上……

揉著眼睛他發現風將畫稿全吹散了，男子趕緊起身一一將地上的畫稿撿起。

突然他看見其中一張畫，畫裡的女人正是他夢中的人，只不過那張圖稿沒有上色，全黑白的。

從小到大擁有畫圖的巧手，但永遠不敢將顏色塗在原稿上，擔心上色失敗毀了這些的畫作，因此男人一直以來都在畫黑白兩色的素描。

桌上有著五種顏料還完好如初的躺在那，他低頭看了看畫上的女人，感覺她似乎正對他笑著。

「我願意試試看。」男人說完轉身將小時候爺爺時常唸的那本繪圖書放好，拉開椅子，開始認真的調起顏色來。

最後他按照夢中的印象，給每一張畫添上一個又一個美麗的顏色。

作品完成了，成功獲得了獎項。那全身閃著柔和藍色的女人，裱框在畫廊供人觀賞，作品名稱為：

「夢想的顏色。」

《神奇古玩店 之 彩色針筒》 作者：魅影

「叮噹」

一位穿著連帽加大號衛衣的少女推門走進一家奇怪的店。

這家店專門售賣古靈精怪的小東西，有點像古時西方那些女巫用品店。

少女在店內遊走，似乎在找尋些甚麼。

店舖的左邊，兩列掛牆架子上，擺放著一個又一個迷你玻璃瓶，每個瓶子內都困著一隻小昆蟲。瓶子前有一個木牌子，上面寫著「追蹤神蟲／80 元」。

架子下方，有一個方形藤籃子，上面放了一卷卷像爛布一樣的卷軸，籃子前的牌子上，寫著「亡嬰裹布／320 元」。籃子旁邊還有一瓶又一瓶黑漆漆的東西，「胎盤浴劑／500 元」。

右邊窗前掛滿一排玻璃風鈴，風鈴垂下的吊飾是各種形狀的骨頭，上方掛著小木牌：「召喚風鈴／150 元」。

而窗戶旁邊有一個衣櫃，裡頭掛著漂亮閃耀的衣服，衣櫃頂部貼著：「名人壽衣／1000 元」。

店的中央有一張圓桌，上面放著林林總總的物品，以及專屬牌子：

「咀咒果子／20 元」——一袋外形普通的水果。

「糖衣毒藥／50元」——一罐鮮艷無比的糖果。
「隱形帽子／500元」——一頂黑色破舊漁夫帽。
「讀心手套／400元」——一雙紫藍色皮質手套。

這裡比較特別的是，收款處前方桌子上的一個透明罐子。罐子裡的是數支灌滿顏色鮮艷液體的針筒，看上去，這些液體有點像糖果。少女拿起針筒罐子，仔細地研究著。

＊＊＊

「歡迎光臨。」一位年約80歲的老伯伯從內室走出來，看見少女把玩著針筒罐子，於是便向她介紹：「少女，這是我們店的招牌產品，『變形藥水』。」

「變形藥水？」少女疑惑地看著老伯。

「嗯！只要在注射前誠心想著要變成的那個人，注射後，你便會變成你腦海想著的人，然後就可以過著那人的生活。」

「這麼神奇？是誰都可以嗎？幻想出來的人也可以？」少女似乎有點興趣。

「不是任何人都可以，沒法變成幻想中的人。只能變成現實中存在的人，已經死去的人都可以，只要你在腦海中有這個人的形象便可。」老伯伯解釋道。

「那，有時限嗎？」少女看著老伯伯。

「當然，每一支劑量的維持時間都不同。」老伯伯揚起怪異的笑容，「紅色的劑量可以維持三天；黃色的可以維持五天；綠色的可維持七天；藍色的可維持兩星期；而粉紅色的可以維持一個月。時限一到，馬上打回原形。」

「會不會有甚麼代價？」少女看見老伯伯臉上的笑容，立即警戒起來。

「少女很聰明喔！」老伯伯露出欣賞的眼神，「凡事都會有代價。這變形藥水的代價是，每次變形成功後，你原來的身體會急速老化，原來的人生也會快速運轉，當你回到原來的身體時，你的歲數便會增長了三個月或以上。」

「這是甚麼意思喔？」少女不解地歪著頭。

「意思是這樣：變形一天，回來後，你的人生其實已經渡過了三個月。」

「老伯伯，你的意思是，假如我變成別人的身體渡過三天，我醒過來後，其實我的人生已經渡過了九個月的時光？」少女臉上滿是驚訝。

「沒錯。」老伯伯再次揚起怪異笑容。

「那，在我快速渡過的時光裡，我會有當中的記憶嗎？」

「不會有，那段時光裡，你只有空白的記憶，但其他與你有關的人，都會被植入虛擬記憶。根據你以往的生活模式來製造一個虛擬的影像，投放到其他人的腦海裡，讓虛擬的你在別人的腦海裡快速地生活。」

「就好像我昏迷了數個月，一覺醒來，甚麼記憶都沒有一樣。」

「聰明。就是這樣了。」

「老伯伯，你說這個東西是招牌產品，就是說很多人買下它囉？」

「對啊！每天也賣出十瓶以上呢！」老伯伯一臉得意地回應。

「如果要付出這樣的代價，為何還會有人買呢？」少女想不明白，為何還會有人想用自己的人生來換取數天的歡樂？

「因為他們認為自己的人生不如意，不滿意自己的人生，同時也憧憬著別人的，所以寧願為自己增添數個月，甚至數年的空白記憶，也要嘗試渡過別人的人生。」

聽著老伯伯的解釋，少女竟然沒法回話。

因為她其實也跟買走這個東西的人一樣，不滿現狀，認為自己過著很糟糕的人生，所以想辦法逃避，甚至想以死亡結束。

「所以當那些人開始嘗試過這種人生體驗後，便會像藥品上癮一樣，戒不掉。只會不斷回來買變形藥水，不斷虛渡人生。」

這時，一位蒼老的男士推門走進來，直接走到少女和老伯伯的身邊，拿起兩罐針筒，然後付款離開。

「這位男士，他看上去大約五十多歲吧？」老伯伯問身旁的少女。

「嗯！應該差不多。」少女看著那個男士的背影說道。

「其實，他兩個月前才首次光顧我們店，首次買下這一罐藥水，他當時四十多歲。」老伯伯看著那男士，嘆了一口氣。

「甚麼？」少女覺得難以置信，那位男士怎可能在兩個月內變得蒼老了十多歲？

「還記得在他離開店舖之前，我問了他一句『這樣也值得嗎？』，當時他回頭，用那雙死寂的眼神看著我說『沒甚麼比這樣更值得了。』，然後他便離開這裡。」

少女看著那個早已消失的人影，再看看手上的那罐藥水，突然下定了決心說：「老伯伯，我要買下這罐藥水！」

「哦？真的要買嗎？」老伯驚訝地抬頭看著少女，「要不要再考慮一下？」

「不用了，這個多少錢呢？」少女向著老伯甜美一笑。

「這個價錢是 500 元。」老伯伯似乎還想說服少女放棄，「真的不要再考慮一下？或許別的東西更好呢！」

「真的不用了，這裡是 500 元，謝謝老伯伯。」少女把罐子放袋手袋裡，轉身準備離開，「老伯伯，我們下次再見！」

「嗯！好的。下次再見了。」老伯伯目送少女離開，「希望下次看到你時，你還是一名青春少艾吧！」

* * *

少女回家後，把罐子取出，放在床頭櫃上。然後坐在書桌前，打開電腦的 Word 檔，一字一句把剛才的故事記錄下來。

最後，她在文具堆中取出一張粉紅色 MEMO 紙，拿起筆在紙上寫了一段文字，再把 MEMO 紙貼在那罐顏色鮮豔奪目的針筒罐上。

其後，少女走出房間，坐到餐桌前和家人聊天吃飯。

那張 MEMO 紙上，寫著：

「即使人生不如意，還是要認真渡過；即使人生不完美，也要快樂渡過。」

《住院的那些事》 作者：蕩步詩人

這是一個我住院期間的故事，那時我割掉了膽囊，恢復了大概一週終於比較能下床走路，既然能走路那便有了作怪的念頭。

這時我的手還插著軟針。

每到半夜醫院都會嚴格管制，特別是病人，特別害怕病人逃跑似的，對陪病家屬則不會。不過在嚴格的規定都有其漏洞，我將自己的手圈藏於袖中，對警衛示以陪病證，表示我是家屬，警衛自然沒有囉嗦阻攔。

我到了樓下，將那屬於青少年時期的味道—香菸拿出，點燃就是一頓猛吸（吸菸將誤您一生，切勿效仿），當時有兩位病友也在外頭吸菸。

這時我的手還插著軟針。

一陣閒聊才知道，五十多歲的陳大哥因為喝醉了酒，搭計程車回家時下車沒有踩好，加上他的褲管被車門夾住，計程車開走時輾碎了他的腿。所以警衛看到他要出去抽菸時，也不是特別擔心他走遠。

另一位，四十多歲的林大哥說是淋巴癌第三期，我不知道那是什麼概念，但他骨瘦如柴，屁股幾乎沒有肉，坐在有椅墊的椅子上每每都會留下兩塊骨的痕跡。他住院非常久，久到警衛根本懶得去攔他，除此之外他每次抽完菸都會買罐麥香紅茶請警衛喝。

我住院住了將近一個月，天天都能遇見他們，本來當作是萍水相逢，不太有什麼值得記錄的地方。偏偏在出院的前一晚，分別在兩個時段與他們有過那麼一段談話，在此簡單扼要和大家分享。

這時我的手還是插著軟針。

陳大哥：「弟弟你幾歲？」

「三十。」

「有沒有交女朋友？」

「不算有，跟別人跑了。」

「喔，那不錯。」

「啊？」

「我說『那不錯』。」

「哪裡不錯？我他媽痛的要死，她在跟別人爽。」

「看開點啦……我住院已經住了六十多天，我的腳是粉碎性的，我老婆天天下班都來醫院照顧我，我錢賺不多已經誤了她的人生，現在又給她精神上這麼大的折磨，如果她能跟人跑，我還感到欣慰一點，因為我沒法再正常走路了。」

我沉默了，他繼續說：「我不知道你割膽會影響什麼，可是當你在拖累一個人的時候，真的會希望對你好的人可以離開你。」

「嗯……。」

「如果你出院了，身體還行就把人家再追回來嘛！」

「啊……那就不用了，我感覺有你這樣的想法心情好很多，離開的人就離開吧！我很怕再回來時是兩個人。」

「呵呵呵……靠妖！」

＊＊＊

林大哥：「帥哥，哪時出院？」

「明天。」

「是喔！這麼剛好，我也是明天出院。」

「喔？大哥你的病可以這麼快出院的嗎？」

「我做完化療啦，可以回家休養，啊之後會不會再進來不知道。噗……會不會再出去也不知道。」

「嘖，別這樣想嘛！癌症好的案例也不是沒有呀。」

「是沒錯啦！但我還在抽菸。」

「那你……？」看了看他手上的菸。

「不可能的，反正我就是一個人，沒拖累任何人，我的家人都在美國，他們都不知道我現在這樣。」

「那為什麼不讓他們知道呢？」

「關係不好啊！一時半刻也說不清楚，不過……不要讓他們知道也好，因為他們知道了……也就那樣。」

「還是會難過的啊。」

「是啊，那幹嘛要讓他們知道？反正我離開家，自己創業打拼，要玩的也玩夠了，該經歷的也不是沒有，其實我沒有對接下來的日子有什麼特別的期待。」

「嗯……。」

「不過我覺得像這樣抽菸聊天就很自在，不想連這最後的消遣都被剝奪。」

「也是，我自己都沒戒菸了，實在不知道勸你。」

「唉呀！你想勸我也是因為你希望我能多活些時間，如果你能有這樣的情懷對一個陌生人，那為什麼不能這樣對你自己？」

「嗯……。」

「總之，出院後還是要保重，別跟我一樣，如果還沒玩夠的話。」

「好……。」

「哈哈！好啦！今晚特別冷，我先回病房了。」

「好的大哥，珍重再見。」

「希望不要再見，因為我還是會常跑醫院，所以珍重啦！」

＊　＊　＊

護理師：「伍先生，你又跑去抽菸！我很好奇你到底怎麼出去的，樓下不是有管制嗎？」

「嗯……我告訴妳之後，妳會不會透露出去？」

「好啊，你說來聽聽。」

「還是不要好了……我怕其他病友痛苦。」

「放心啦！保證不會，而且你明天就出院了，我又管不了你。」

「那還是算了……。」

「齁！不會透露啦！我自己也有抽，別怕，快點！我純粹好奇。」

「我用陪病證假裝是自己的家屬……。」

「原來還有這招……。」

「欸！大姐！妳答應我不能講的喔！」

「哈哈！知道啦！恭喜你明天出院。」護理師說完，將針筒對向軟針孔，抗生素冰涼如清泉，回想起兩位病友大哥的話，隨著漸漸注入的藥劑一同……五味雜陳。

題目：山鬼

「暗夜的山泉，長髮的女人坐在水邊，靜靜凝視水面。

不久，水裡浮出一個蒼白的孩童……」

請用以上情境，寫一篇具有「寓言」意味的悲劇故事。

《好奇心》 作者：毛鼠之之

傳聞在深山裡，每到農曆十五號，於晚上十二點都會聽見小孩的嬉鬧聲，夾雜著女性的斥責聲，但很奇怪的是，從沒人看過他們的身影。

一群青少年不信邪，相約在中秋節，也就是農曆八月十五日，前往深山一探究竟。

由於中秋節的月亮是一年之中最亮的，在探險途中看得很清楚，所以他們原本緊張的心情也轉變成興奮，認為一定都能滿載而歸。

這時，其中一位少女望向自己隨身戴的手錶，點開燈，發現只剩一分鐘就要十二點了，而他們眼前，正好有一座大湖，在月光照耀下，波光粼粼，充滿寧靜祥和的美感。

他們決定在這裡賭一把，若真的都沒看見任何東西，就折返回家。

時間正倒數二十秒—

此時，原先寧靜的湖，突然冒出些許漣漪，緊接著，一對母子從湖中冒出來，母親留著長長的黑髮，懷中抱著一個小男孩，不停把玩她的頭髮。

令青少年驚呼的是，他們都沒穿衣服，該不會是水鬼化身？

裡頭唯一的少女卻不知為何直冒冷汗，拉拉同伴的衣角，想藉此提醒他們可離開了，但此時同伴卻不為所動，少女往他們望過去，嚇的差點發出聲，

除了她，同伴們的臉龐都變成怪異的綠色，眼神還直直望著那對母子，甚至有幾個開始往他們走過去，少女只能眼睜睜的看著同伴一一離自己而去，腳卻釘在原地，無法動彈。

時間正倒數十秒——

少女在心中吶喊，一定要救回自己的朋友們，她鼓起勇氣，跨出一步，卻聽見一道聲音在自己腦中響起：

「年輕人，好奇心會殺死一群人喔。」

少女嚇得大叫，意識漸漸模糊，最後臉龐也變成怪異的綠色，跟著同伴默默像那對母子走過去。

時間已到晚上十二點——

月光一樣柔和，照耀在寧靜的湖畔，隱約有微微的紅光散落在湖旁的草叢裡。

傳聞也改變了，有人說在中秋節別前往那座山，看似寧靜的大森林，深藏許多危機，尤其在滿月下，在山中唯一的湖畔，會有一對母子正在找食物來吃。

《迷思》 作者：古潮兒

深夜時分，一個衣衫襤褸、失去記憶的長髮女子獨自在郊野流浪到一處山泉附近，她聽到山泉內有小孩叫聲，似是呼喚著自己，於是佇足觀看。

「你是誰人？為什麼深夜在這裡遊玩？你媽媽呢？」女子向山泉內的一個男孩身影問話，那男孩全身赤裸，身體瘦弱的他看似營養不良。

「媽媽，我就是妳未出世的孩子。」男孩詭異地回應。

「媽媽？不可能，我沒有孩子的。」女子大驚地說。

「媽媽……自從你遺棄了我，我都一直在這裡徘徊，沒衣服穿的我很淒涼啊。」

「我何時遺棄了你？為什麼我一丁點都記不起來？我又是誰？」

「媽媽，妳叫梁雪儀………妳記起來嗎？」

「梁雪儀………我有點印象。」

「記起那個下雨天嗎？妳在那個下雨天發現我的存在………」

「下雨天………」女子陷入迷思當中。

出事的那一日天空下著滂沱大雨，已婚的梁雪儀趕著應前度男友之約，到他家裡小聚。

當日她的手機出現了前度男友日前留下的文字訊息：「難道妳想妳老公知道我們之間的事嗎？想清楚後果，妳會作出明智決策。」

戴志成因工作壓力關係，令妻子梁雪儀被受冷落，由於缺乏了丈夫的關懷，梁雪儀終日忐忑不安。她試圖向自己的同性朋友尋求協助，可惜情況得不到改善。

在機緣巧合之下，命運使她在舊同學的聚會中重遇前度男友雷蒙，自此梁雪儀便一直把他當作為一個傾訴的對象。

直至某一天，梁雪儀在一個同學的婚宴場合中借酒澆愁，竟在沒戒心之下被雷蒙灌醉，事後被雷蒙載往時鐘酒店迷姦，更在不知情下遭對方拍下裸照，為往後埋下死亡的伏線。

雷蒙最後以裸照要脅梁雪儀，令她惶惶不可終日，任其擺佈。

＊　＊　＊

這天的梁雪儀充滿著矛盾的心情，一方面她不敢跟丈夫透露自己被前度要脅，另一方面她與丈夫期待已久的小孩於這天突然降臨人世，命運的作弄令她獨自反覆思量了無數次，為了自己的寶寶和家庭的幸福著想，她計劃為這天的小聚作出一個生死的了斷。

梁雪儀在約會前預備了安眠藥，並且在前度面前偽裝成一心想跟對方共同生活，雷蒙在不諳騙局的情況下喝下混和了安眠藥的紅酒，在熟睡狀態中被梁雪儀以枕頭焗死，她臨離開住所前開啟了煤氣爐，把現場設置成自殺案的環境。

梁雪儀回家後，立即洗澡，藉以徹底清洗所有因逗留在前度家裡而沾上的纖維和痕跡。

就在此刻，突然慘遭公司解僱的戴志成回到家中，在睡房內發現了妻子的驗孕棒，並且偷看了妻子手機內與雷蒙對話的文字訊息，下一秒勃然大怒。

「妳……剛剛放工回來嗎？」戴志成對著洗澡後步出浴室房門的妻子說。

「今天我向公司告了一天假去帶媽咪睇醫生，我不是今早已跟你提過嗎？」梁雪儀說。

「賤人！到這個時候妳還想一直隱瞞我？」戴志成目露凶光地說，然後狠狠地把刀插入對方的心臟。

梁雪儀做夢也沒想到，她設的這個局竟是個三人歸西的死局。

「下雨天……兒子，我記起來了，我就是梁雪儀……真的對不起。」

《山鬼》 作者：放鶴

暮夜泉間，一倩魂依泉而泣。

其淚灑泉澗，漣震泉中河柬，遂差童子問其故。

倩魂掩涕曰：「天理既隱，鬼神不存，何不悲矣？」

童子奇問：「余非鬼神焉？天地何不存焉？」

倩魂愴曰：「火炎崑岡，玉石俱焚。天吏逸德，烈于猛火。暴政烹民，以人為食兮。彼時天理鬼神何在？是故天理藏，鬼神不存。」

童子默然，曰：「鬼神不干塵俗。」

倩魂舉首直視童子，冷曰：「故鬼神不存。」

河伯聞矣，愧嘆之，遂化倩魂為山鬼。

其後林間神嚎鬼哭，霧慘雲昏。

＊ ＊ ＊

詮釋：

暗夜的山泉間，有一美人模樣的魂魄依泉而泣。其淚水落在山泉之中，泛起的漣漪竟是讓居於山泉深處的河伯也是大感震動，連忙差遣河童到山泉的旁邊詢問那幽魂因何事而哭泣。

幽魂淚下如泉湧，哭哭啼啼的回答道：「這世間的天理隱藏，鬼神也不存在，為什麼不哭呢？」

河童奇怪的說道：「我不就是鬼神麼？天地不就是一直都存在麼？為什麼還要哭泣呢？」

幽魂哭得更淒慘了，涕淚交零的說道：「這天下就如被烈火焚燒一般，暴政烹煮著人民，以人命為食的時候，天理在哪裡？惡人橫行無忌的時候，鬼神在哪裡？所以說，天理已經隱藏，鬼神也都不再存在。」

河童默然，辯駁道：「凡間俗事，我等鬼神都是不能干預。」

幽魂抬起頭來，靜靜的凝視著河童，面無表情，冷漠的說道：「那麼，鬼神不存在。」

河伯聽聞此事，心中慨嘆而愧疚，把幽魂立為山鬼，自此山中神嚎鬼哭，霧慘雲昏。

《精靈王子》 作者：茵菓

夜已經很深，姊姊這才悄悄的磚鑽進被窩。

我緊張的閉緊眼睛，假裝沒有被她的動作吵醒。其實，早在她輕輕的推開房門的時候，我就已經醒來了，更正確來說，是我根本沒有真正的睡著過……

我整晚都在等她！

我們和媽媽搬到林裡的小屋，已經是三個月前的事情。告別原本熟悉的大城市，來到這座宛如童話故事般的森林……

我們不太樂意，不過媽媽說，這裡才是我們的家，外面的一切，早就面目全非了。

早餐時，媽媽看了一眼姊姊的臉色，關心詢問：「妳昨天沒睡好嗎？」

「昨晚做惡夢了。」姊姊隨口敷衍，拿起牛奶杯擋住自己的黑眼圈。

媽媽轉頭看向我，「你看起來似乎也不太對勁！」

「姊姊整晚一直說夢話，我被吵得也沒睡好。」我索性圓了她的謊，來掩飾自己。

第六個夜晚，姊姊又直到深夜才歸來，不過她這次的動靜大了些，屋外正下著大雨，她進門時，把外面寒冷的雨水也帶進屋子裡。

我縮了縮身體，終於忍不住從被窩裡坐起來，連忙用毛巾蓋住她濕漉漉的頭髮。

「姊姊，每晚妳倒底是去哪裡了？」我問。

「森林裡的水池邊，住著一個精靈王子，我每天晚上都去陪他聊天，他說外面的世界太壞，所以不願出來，但是他很孤單……」

姊姊的臉色不太好，但說話的時候卻很溫柔。

「精靈王子？」我感到莫名其妙。記得媽媽說，禁止我們靠近森林裡那座深不見底的水潭。

「是個很英俊瀟灑的王子喔……」

那一夜，我們兩個都沒睡好，姊姊和我講了整晚她與王子相處的過程。

幾天後，我再也按捺不住心理的好奇，要求姊姊也帶去看看那位神話般的精靈王子；但姊姊卻不願意。

我十分失望，因為……

我不良於行，沒人幫忙，我出不了這間屋子。

那夜過後，姊姊再也沒有回來。

大人們著急又擔心，我卻不敢把精靈王子的事情告訴媽媽。

又過了許多年，這件事情終於漸漸被淡忘。

這天早晨，兒子跑到我的輪椅邊，神秘兮兮的說：

「爸爸！我告訴你一個秘密，姊姊說森林裡有精靈王子喔！」

《山鬼》 作者：烏克拉拉

她很喜歡小孩子，喜歡孩子們稚嫩的臉孔、天真的話語、單純的思想，還有能療癒人心的笑聲。她渴望生兩個孩子，一男一女，陪伴在自己左右直到自己老去，然後歸回塵土。但很遺憾的是——因為一場病，她的子宮被摘除了。

她搬到空氣清新的山上村莊裡，想要養好自己的身體之外，也想在這裡安靜地過生活。村子裡的人很歡迎女子的到來，甚至還為她舉辦了一場歡迎會。女子不小心喝多了酒，將自己無法生育的事情說了出來，這立刻引來了較年長的婆婆們的側目。

女人的生活目標就是生孩子、傳宗接代呀！

所以女子開始受到了村民們的排擠，就連孩子們之間也有各種各樣的傳說。說女子就是因為吃掉了自己的孩子，所以老天爺生氣了，才讓她永遠無法生孩子。

女子很傷心，久了也變成了對村民們的怨恨。

她在某天將村子裡的眾多孩子們誘騙到山林中，並且讓他們浸泡在河水當中，說這河水有種神奇的法力，可以讓他們實現各種願望，前提是要將全身都沒入水中。

孩子們為了要實現自己的願望，便乖乖地聽從了女子說的話。

趁著孩子們全都同時沒入水中的時候，女子用力拉緊了手上的繩子，讓他們全都跌入了水中，然後故意在一旁見死不救。

原來在進入山林之前，女子謊稱怕孩子們走散，便吩咐他們在腳上綁著能夠相連的繩子。

女子坐在河邊低頭望著水底下一張又一張稚嫩的面孔，長長的黑髮與河水融為一體。

她的臉上露出了一抹詭異的笑。

「你們也別想要孩子。」

《災星》 作者：嵐靈

初冬時分，柳山便會被厚厚的霧氣所覆蓋，直至第二年的春末，霧氣才會消散。附近村莊的居民，在這段時間是絕對不會到山上去，因為過往在這個時間上山的，沒有一個能從山上再回來。

鄭雲雲是個身世坎坷的人，出世的時候被命師評為災星之命，她的父母被勸喻要把她遠送，可是她的父母因是老來得女，根本捨不得讓她離開身邊。

結果，鄭雲雲未滿三歲，家中便發生一場大火，一家連牲口在內只剩她一人生還。本來被寄養在親友家中，可惜她寄居過的家庭，都會遭逢厄運。到五歲的時候，已經沒人敢把她帶回家，她只好選擇隱居山林，過著自給自足的生活。

加笄之年，她遇上了生命中的那個人，本來以為能從此能脫離不幸的命運。豈料幸福的生活只維持了一年。次年，男子上山打獵後就再沒有再回來，再過了一年，她為那男人生的孩子也夭折了。

不知從那裡聽來，在柳山可以找到通往死後世界的路。鄭雲雲不惜一切，千里迢迢來到柳山，希望可以能和自己的夫君、孩兒團聚，但不論她怎樣找也找不到。

直到初冬將至，村民也不忍看著她日以繼夜在山上尋找，於是都相繼地勸她放棄，並把柳山冬天的傳說也對她說了，但她沒有聽取村民的意見，依舊天天堅持上山。

寒露那天，不知是為甚麼，鄭雲雲一大清早突然就神推鬼擧衝上了柳山，然後柳山便開始起霧，村民也不敢上山找她，自此以後她也沒有再出現於人前。

從那天起，柳山再添加了另一個傳説。暗夜的山泉，會有一個長髮女人坐在水邊，靜靜凝視水面，而水裡會浮出一個蒼白的孩童。

女人看到孩童，便會突然發狂，面帶微笑的躍入山泉之中。

《河童與山鬼》 作者：晴天天晴

那陰暗不見天日的森林，一條小河彎彎曲曲緩緩的流淌著，河水很平靜宛如一個搖籃，孕育著不知名的生物。

這條河住著一山鬼，專門在河邊接收溺死的孩童。

小村莊的河邊，一名孩童懵懂無知正拿著小棍子拍打著河面，他那天真無邪的笑聲傳遞到媽媽耳畔裡。

「阿民，別太靠近河邊啊！」孩童母親大聲呼喊著，她正忙著曬著衣服。工作結束後打算回頭尋找孩子時，見到丈夫站在河邊面無表情的凝望著前方，女人輕喚著丈夫，但丈夫卻一動也不動的看著河。

「阿民？」女人開始找起孩子，屋裡屋外的高喊了一遍，仍舊沒有看到身影，她慌了，衝到河邊抓著丈夫的手，淚流滿面的哭喊：「孩子呢？」

突然女人又笑了，她看見孩子正站在丈夫的身後，露出可愛的笑容。丈夫沒有搭理女人，只是冷眼的看了一眼自己的太太。

「走我們回家。」阿民一溜煙的跑回母親身邊，「下次別調皮了，嚇死媽媽了。」阿民乖乖的點點頭，沒有開口說話，緊緊牽著母親的手。

晚上阿民跟著母親來到浴室，小心翼翼脫下孩子衣物時，女人又再次哭出聲音。

「媽媽對不起你，沒有好好的保護你。」阿民身上全是大大小小的新舊傷口，他沒有哭，也沒有說話，乖乖地讓母親清洗他的身體。

突然隔壁傳來一陣陣孩童淒厲的尖叫聲，還有不停求饒的哭喊……

阿民的母親聽見那哭聲，整個人像是受到極度驚嚇似的，一把抱住阿民，嘴邊還不斷重複小聲說著：「不準打我的孩子、不準打我的孩子。」

隔壁的哭聲持續很久，卻不見有人上門去關心與勸阻，住在附近的人家都選擇視而不見，耳聽不聞各忙各的。

小村莊充滿著冷漠無情的居民……

山鬼從森林深處走到河邊，一頭烏黑長髮蓋住祂的臉孔，祂蹲在河邊將頭髮放入河中，不一會兒，有著人類孩童面孔的河童出現，用小手抓住了飄在河面上的頭髮。

小河童笑著指著河水的另一邊說著：「那裡有個新玩伴加入我們。」

河裡的其他河童全看向同一個方向，果然還有一個小河童在河面露著半張臉。

「你們要去和他打招呼嗎？」山鬼說著。

「他跟我們……是一樣的嗎？」小河童的說話聲越來越小……

「嗯，是的。」山鬼的聲音有著一絲絲的悲傷。

小河童游向那害羞的新同伴，那河童看了看便說：「我好像認識你，我住在你家隔壁。」

「真的嗎？我來這裡已經一段時間了，有些事情不知不覺地忘記了。」小河童苦笑說著，但這次那新同伴沒有繼續回答。

山鬼輕聲說：「來到這裡我會好好的照顧你們，人類世界太過慘忍，忘了才是最好的。」

小河童輕輕的點著頭。

「乖，阿民真是好孩子。」

翌日河邊出現一具孩童的屍體，泡在水中已多日，村裡的人都知道是隔壁阿奈家的孩子，前些日子被虐待死亡了，警方最後找到了虐童的父親，帶上了警車。

正當村民準備散場離去時，阿民的母親在河邊哭著大喊孩子的名字。

「真可憐，她孩子都走了一陣子了。」

「那孩子也和隔壁阿奈家的孩子一樣，被父親虐死丟入河中。」

「這麼大的打擊換作是誰也會發瘋的。」

「哎……」

七嘴八舌的村民邊嘆息邊離去，面對孩子的求助沒有人伸出援手；面對精神有問題的人也只是當作茶餘飯後的閒聊……

山鬼在森林看著岸邊的村裝，祂正等待著，等待著一條需要被安置的小生命。

「到我這裡來吧。」山鬼輕輕的說著。

《傳說中的妖怪》 作者：魅影

「傳說，在黑森林的深處有一個山洞，裡面住著一隻邪惡山鬼，祂懂得使用幻術來迷幻路人，誘惑他們了斷自己的生命，然後山鬼便會把死去的人類吃掉。

山洞旁邊還有一條黑河，河裡同樣住著一隻會吃人的妖怪。如果有誰在黃昏過後走到黑河邊，吃人的妖怪便會從水中冒出，張開血盤大口，瞬間把接近的人吃掉。」

「所以，黃昏過後，我們千萬不要接近那座森林，更不要接近那條河喔！」一位中年婦人坐在床邊，為躺在床上的女孩說睡前故事，「好了，故事完了，快點睡覺吧，我的小寶貝！」

「外婆，我們家後面的森林，不像你說的那樣呢！森林裡很美麗，有多漂亮的花草，還有可愛的小動物喔！」床上的小女生不認同地說，突然發現自己說漏了嘴，於是便對著外婆乾笑。

「小音，你怎麼會知道這些？不是跟你說過千萬不可接近森林的嗎？」外婆的臉上漸漸浮現微慍的臉色，「你是否偷偷走進森林了？」

「嗯，因為我很喜歡到河裡抓魚呀！還喜歡與小動物玩追逐遊戲呢！」小音誠實地說出心中所想。

「小音，森林真的很危險，真的有妖怪存在啊！」

「外婆，我不是小孩子了，你別騙我好不好？」小音學著大人的語調說。

「你這個鬼精靈！還說自己不是小孩子？」外婆給小音逗笑了，然後嘆了一口氣接著說：「好吧，外婆再給你說一個故事，你留心聽著了。」

「嗯！」小音乖巧地退回被窩裡，準備聽故事。

＊　＊　＊

多年前，在黑森林前面的小村莊裡，住著一戶貧困人家。

這家裡的小男孩，在一天夜裡，突然消失不見了。小男孩的父母，連同村莊的數名大人，一起四周尋找，找了數天也無法找到小男孩的蹤影。他的父母相信小男孩應該走進了黑森林並已經遇害了。

小男孩的母親，因為太掛念小男孩，於是在夜裡，獨自一人走進森林的深處，不斷大叫著小男孩的名字，希望能尋獲小男孩。

那名母親走到河邊，看到一抹熟悉的瘦小身影。

小孩的臉色慘白；把半個身子浸在水中；或許是河水的顏色影響，小孩的膚色看起來竟然呈現淡綠色，而且滿身傷痕累累；頭頂端的頭髮像被活生生拉斷一樣，連皮囊也沒了，一片光禿禿的。

「孩子……」母親看著那個可憐的孩子，淚水如雨落下，正打算衝上前抱著他。

當她走前數步，嚇然發現，岸邊竟然有一位長髮少女跪坐在地上。少女上身所穿著的，應該是中學部的校服襯衫和背心外套，但是下身卻赤裸著。

少女有一頭黑色秀髮，長長的頭髮垂至地上，甚至有一半頭髮掉進在水裡，浮在水面上。少女此刻正在低頭看著水中的小孩，小孩的手把玩著浸在水中的黑髮。

這個畫面看起來相當詭異，使站在兩人數步遠的母親震抖起來，緩緩向後退。

「咔嚓」是樹枝斷折的聲音。

岸邊的少女和河裡的小孩馬上扭頭往聲音的來源看去。那名母親剛好蹲在草叢後方，才不致被二人發現。

可是，二人的容貌卻被那名母親清楚看見了！

「嗚……唔……」母親痛心疾首地以雙手摀著嘴，任由眼淚失控地落下，母親移不開視線，不，是她不想移開視線！因為她怕啊……她怕移開了視線，以後再也看不見這兩人的容貌了！

「孩子啊……我的孩子們啊！母親對不起你們，是母親害了你們！嗚嗚嗚……」母親跪地痛哭。

原來，浸在水中的小孩，就是失蹤了的小男孩。小男孩有著先天病，使他的身體變得異常瘦弱，也使他經常被其他小孩子欺負和排擠。小男孩經常被其他小孩拳打腳踢，拉扯頭髮，甚至把他浸在水裡。相信失蹤當天，也是被那些小孩虐打致死。

而長髮少女，其實也是這名母親的大女兒。長得婷婷玉立的大女兒於數年前，被村裡的男士多次抓到森林裡侵犯，後來因侵成孕，生下了一名女嬰後，在森林的深處上吊自縊。

然而，懦弱的母親明明知道內情，卻並沒有阻止，也無力阻止。因為害怕失去家園，所以選擇啞忍，最終釀成悲劇的發生。」

＊＊＊

「所以傳說中，妖怪的原形，就是這兩姐弟嗎？」聽到最後，小音問道。

「是的，因為那些害死這對姐弟的人感到非常害怕，也不想讓別人知道事實的真相，所以便把可憐的姐弟塑造成可怕的妖怪。」

「程姨？你沒事吧？你在跟誰說話啊？」一位婦人剛巧經過程姨的房間，聽見裡頭傳來說話聲，便好奇走進房間裡看看。

「我在跟小音說故事罷了。」被稱為程姨的中年婦人向著床舖位置笑著說。

「呃……那……我、我先走了！再見程姨！」婦人看一看床頭，流著冷汗一溜煙離開程姨的房間。

床頭位置，擺放了一盤糖果和三張相片，相中人分別是一名長髮少女，一名瘦弱男孩和一名小女嬰。

題目：二選一：機器人與美女

俗語有云：「有得選揀，才是老闆。」

俗語亦云：「Why not both？」

這次是二選一題目，請選擇其中一張咭片，或串連兩張咭片創作一篇短文或一個故事。

文體不限，自由發揮。

9-Oct-2021

《紅扇之女》 作者：毛鼠之之

於藍天白雲，艷陽高照下，一名身穿紅色旗袍，拿著紅扇的美麗女人站在綠油油的草地上，望著天空不發一語。

「殿下，您該回去了。」此時，女人後面出現一名男人，對著她微微欠身。

「不要，再讓我多待一會。」女人連頭都不回，繼續仰望天空。

男人望著女人的背影，眼神從卑微轉變成心疼，畢竟她很少看見這樣的風景，以往都要生活在黑暗的地方，與其他男人做著「黑暗」的事情。

「今天的目標是誰？」這時，女人轉過身，對著男人詢問著，眼神從剛剛的天真無邪，轉變成深不見底。

男人見自家主人嚴肅起來，對著她微微敬禮。

「一名墮落的農場主人，聽聞他表面上養著幾頭綿羊在農場中，實質上是做詭異的試驗。」男人道出見解，不忘多加一句：「殿下需多加小心，或者是可以請他離開。」

「既來之，則安之啊。」女人露出艷麗的笑容，看在男人眼裡，知曉主人已決定要來辦正事了。

＊＊＊

接近夜晚十分，在女人所住的莊園下方，看似黑暗的地下室，傳出一男一女的嬉笑聲。

「妹妹啊，你不能這樣對我啦！」

「哎呀，明明就是您輸了啊！」

從遠處望去，他們動作看似親密，男人還喝了些酒，雙手還在女人身上到處游移，後者卻沒抵抗，深不見底的黑眸中，閃著危險的光芒。

她拿著酒杯，喝下裡頭的紅酒，望著眼前渴望更多的男人，心裡除了噁心，更感嘆男人的本性。

「來嘛，我也要喝。」男人趁女人喝完酒的當下，抓住女人的下巴，作勢要強吻她。

而女人只是順著他的動作，將身體往後倒，使男人跟著她一同跌在沙發上。

「在開始之前，告訴我農場的真面目吧。」她望著上方眼神迷離的男人，輕輕地笑了。

好戲要上場了，呵呵。

「喔，妹妹啊，妳喜歡綿羊嘛，我啊，正打算把綿羊放進一台可將牠複製的機器呢，這樣一次賣出去可賣很多羊毛呢！嘿嘿，不必等到牠們繁殖期才能賣，再加上那台機器，可以讓複製出來的綿羊健康生存，不會老死。只不過啊，放進去的綿羊下場就是煮來吃囉。如果妹妹喜歡，我可以分享給妳。」

女人聽畢，心裡波濤洶湧，喜愛動物的她，哪能容許這類事情發生，但她臉上維持的笑容，將雙手環住男人的脖頸，用著勾引的聲音誘惑著他。

「好啊，等您的結果囉。」

男人早已克制不住，往她的櫻桃小嘴吻下去，女人靜靜的回吻著，抱住男人的雙手有了小動作。

她的左手偷偷拿出一把藏在右手袖子裡的匕首，在看不清的光線裡，顯得格外刺眼。

當男人往她的臉龐進攻時，女人左手握住匕首，往男人的致命弱點刺下去。

「妳……妳……」沒料到此進展的男人，神智終於清醒，卻說不出任何一句話，眼前美如天仙的女子，此刻卻像著張牙舞爪的魔女，隨著胸口的紅色玫瑰散亂一地後，癱倒在女人身上。

「阿義，收拾一下。」女人拔出沾滿血跡的匕首，對著後方黑漆漆的地帶喊著。

幾名拿著黑色布袋的男子默默地走出來，將主人吩咐的一切收拾乾淨，連同地上的血跡也不放過。

「殿下，已收拾完畢。」阿義對著眼前的女人微微敬禮，眼神示意其他人，將黑色布袋拿開。

「嗯，辛苦你們了，農場那邊安排好了？」女人面無表情地望著沾滿血跡的匕首，似乎不滿意自己的傑作。

「已安排相關人士，保護好綿羊，並請來一位少女看管農場。」阿義如實稟報，眼神偷偷望著自家主人，今天的她很不尋常。

「很好。明天的目標呢？」女人將匕首交給阿義，讓他擦拭上面的血跡。

「明天是您的休息日。」阿義熟練地擦拭乾淨，將他還給主人。

「太好了，那明天去那座農場看看吧。」女人高興的拿起紅色扇子，不停揮舞著，與剛剛沉寂的模樣形成強烈反差。

或許，這才是真正的她吧，阿義心想。瞥見主人的扇子上，繪著一張面目猙獰的表情，正對著他笑著。

《女魔術師》 作者：古潮兒

今天是歡樂滿中華的籌款晚會，主辦方安排了很多精彩節目，務求為慈善款項籌得破紀錄的數字，而壓軸的節目為魔術表演。

籌款委員會主席陳總乘坐勞斯萊斯到達晚會現場，甫一下車便被記者包圍。

「陳總，你對於貴集團的私有化計劃令一眾小股民蒙受巨大損失有什麼看法？」一名女記者問道。

「這位記者朋友妳放錯焦點了，今天是籌款晚會，我不談公事。」陳總說。

助手謝絕了記者的提問之後，電視台的高層隨即親自出面迎接陳總，雙方經過一輪問候和寒暄，電視台高層遂引領陳總至預留的貴賓席。

陳總剛坐下來不久，魔術表演便開始，大會安排世界知名的蒙面女魔術師出場，女魔術師以一身東瀛美女打扮表演刀鋸美人及浮游魔法等，得到台下觀眾的熱烈掌聲。

表演至中段，女魔術師突然推出一部人形吸塵機和三頭羊出來，在眾目睽睽之下讓吸塵機吸走牠們。與此同時，魔術師作狀施法，機械人隨即在其頭頂位置呼出幾縷白煙。魔術師然後打開機械人的身體，讓在場觀眾檢視它的身體內部，內裡竟然空空如也，三頭羊平空消失！

表演換來一致掌聲。就在此際，女魔術師忽然邀請陳總上台作為壓軸嘉賓。由於女方大派飛吻，加上演出時的衣著極為性感，陳總欣然接受，立即答應。

所有觀眾一起見證了這幕壓軸表演。當吸塵機再次啟動後，剛上台不久的陳總還來不及反應便被吸走。魔術師然後照例作狀施法，然而今次出現在機械人身體內的，竟是剛才那三頭羊！

表演完畢，觀眾無不拍案叫絕，當魔術師謝幕並離開現場後，大會主持卻找不到陳總本人，就如人間蒸發一樣……

＊　＊　＊

在一間廢棄了的工場內，一個赤裸中年男子被人蒙著眼睛，手腳亦被綑綁。

「陳總……我們又見面了！」女魔術師為他解開眼睛上的布條。

「妳竟是……那名女記者！」陳總說話同時，女魔術師把遮掩面上的一把印有夜叉鬼的手扇拿走。

「妳要的三億元我已找人送上，妳應該放過我！」

「放過你？那誰人放過我爸爸？自從他買了你集團的垃圾債券後，就變成一無所有，最後更跳樓自殺！他臨終時只得二字留下：報仇。」

此時，女魔術師把刀架在陳總頸上，劃出一條血紅色的線條……

《花魁》 作者：花火

間隔緊密的街燈、高掛半空纍纍相接的燈籠和樹上掛滿的彩燈，這夜晚通明的景象讓此地宛如日不落帝國。這裡是花街柳巷，男人們舒展筋骨的地方，就算經過了好幾個世紀，尋夢之地總會找到落腳的地方。

一陣喧嘩突然在花街裡散開，人們倏然在路旁停留腳步，一片片黃色花瓣從一台浮空的自動花轎上飄了下來，坐在上面的是他們日思夜想的良辰美夢。

「是花魁！花魁翡翠準備要入閣了！」

「不曉得今夜是哪位富有的豪族，能與她共享一夢？」人們在花轎下議論紛紛。

翡翠坐在明月閣最上層的廂房，等待著願意花大把銀兩與她共處一夜的賓客，但賓客似乎因為某些私事，突然臨時晚到。她查看身後的和式紙門，發現有人似乎在看她。

「是你吧，進來。」翡翠說。

「路徑錯誤，尚未時至打掃時間。」它說。

翡翠嘆了口氣，隨手將一旁的檀香爐傾倒在地，讓香灰撒得滿地都是。

「那這樣呢？」

「緊急狀況！必須盡快處置！」它拉開紙門走進廂房，手臂瞬間變成吸塵器的模樣，清掃地上的香灰。

她若有所思的側躺在它一旁，看著它說：「將『精力旺盛』的清掃人員一併開除後，就只剩下你可以隨意進來我的廂房了。」

燈火搶走了星月的風采，讓夜晚顯得黯淡無光，窗外的燈光照在翡翠背上，影子在廂房裡映照成一幅巨大又深暗的色塊。

「就請你充當我貧乏生活中的唯一聽眾吧。」

它只是工作，沒有說話。

《皮諾喬》 作者：放鶴

譚六百，是村子裏的鐵匠。孤僻寡言，年過六十，但卻是從未婚配，終日都是躲在自己的店裏忙碌著，不知道在搗弄些什麼。

鐵匠除了給村裏的人們修理一些農具，購買糧食之外，便是在屋子裡足不出戶。小小的村子中，村民都是互相熟捻，但對這鐵匠的認識卻是不多。只知道若是有什麼器具壞了，放到譚鐵匠處，只要給上足夠的錢，過兩天便是必定能修好。

多年來，鐵匠家除了營業的時間外，都是重門深鎖，說是「營業」其實不過是村民把錢和要修理的器具放下。兩天後，那器具便是會「奇跡」地恢復如初。

嗯……說是「奇蹟」，好像也不太公道，畢竟村民在路經鐵匠家門的時候，還真的不時聽見過打鐵的聲音。有時候，即便是三更半夜，也能聽到那鏗鏘的打鐵聲。事實上，即便是在水旱之災，根本沒有農具需要修理的時候，譚鐵匠的家中也是打鐵聲不斷。

曾經有著盜賊來到村中，聽聞這是鐵匠的家，知道當中必定有著不少價值不菲的鐵器，便是夜探譚家。然而，那群盜賊卻是從此杳無音訊，就像掉進大海的一顆小石子一樣，連波瀾也是沒有泛起一點。

自此，譚鐵匠的家便是披上了一重神秘的面紗，原本不被村民注意的房子，也是逐漸被人議論紛紛。

己亥年六月，村中來了一個孤身的妙齡少女，名為胡仙兒。胡仙兒面容姣好，一顰一笑之間，便是讓村中的精壯男子神魂顛倒。甚至不肯下田耕種，硬是要在少女的家門外故作殷勤。送糧食者有之，灑掃庭院者有之。更多的，則是傾家蕩產，一擲千金，把城市來的貴重物品、什麼翡翠，玉石，金剛鑽買來送給女子。

村中的女子見狀，心中也是妒火上湧，但卻是無可奈何。未幾，村莊農作物失收，畜牧的糧食也是不足，十室九貧。

卻說那胡仙兒雖然對每個男子都是不假辭色，但卻也是來者不拒，把禮物都是通通收下了，偏生卻是沒有一個男子能親近她。不少男子趁著月夜，冒險當上一回採花之賊，沒想到卻是通通一去不回！

自此，胡仙兒與譚鐵匠，兩人的大宅，就像兩隻巨獸一樣，把擅闖的不速之客都是囫圇吞之，就連骨頭也沒有吐出來。兩隻間大宅遙遙相對，卻是互不往來。

有一道士經過村莊，偶聞此事，心中大奇，便來到了胡仙兒的家門之前，觀摩良久，終於喟然一嘆，說道：「此乃妖孽也，惑人心智，奪人精魄，觀其妖氣，應該是強大的狐仙。」

心念一動，便是從背後抽出木劍，推門而進，怒喝一聲：「妖孽，今天便是要你納命來！」

然而，他才推開胡仙兒的大門，便感覺一股殺機鎖定了他的身軀，讓他動也不敢動！

道士大驚，倉惶而走，匆匆收起木劍，連滾帶爬的往回跑去。在他的背後，傳來了一陣妖異的傳音：「這點微末道學，也敢言斬妖除魔？我不殺人，你就給我滾吧。」

心中驚懼，想起另一間的大宅，也是有著相似的傳說，便是來到了譚鐵匠的家門之前。只見鐵匠的家門沙塵滾滾，卻久未清掃，但所謂的妖孽之氣，絲毫未見。

道士心中好奇，推門內進，只見屋內空無一人，塵埃遍地，渺無人跡。

忽聽內堂之內，傳來鏗鏘打鐵之聲。道士推門內進，卻見譚鐵匠坐在板凳上，奮力捶打著手上的鐵塊。良久，鐵塊成型，便是安裝到身旁的人形鐵像之中。只見那人形鐵像瓜子嘴臉，鳳眼俏眉，活脫脫便是一個美人胚子！

嘰嘰……

機器運轉的聲音響起，那美人鐵像竟是從地下站起，還活動起來！動作生硬的圍繞著鐵匠繞了一個圈！

「這是什麼？」道士大覺驚奇，失聲問道。

譚鐵匠聽見人聲，轉過身來，有點詫異的看了看道士，說道：「機械合成之人，我稱之為機械人。」

譚鐵匠顯然心情極好，看著那機械人的眼神中滿是慈愛之色，就像是父親看著女兒一樣，即便道士貿然闖進家門，也是不以為忤。

然而，那機械人才走了兩圈，便是左腳一拌，倒在地上。

「怎麼會這樣？」譚鐵匠面色大變，這機械人，已是他的畢生之作，甚至視之為女兒，沒想到如今卻僵硬至極，了無生氣！

那道士見狀，便是說道：「這機械雖然精巧，但卻是欠缺靈魂，如今只是一個軀殼而已。」

譚鐵匠聞言，問道：「敢問大師，要如何才能獲得一個靈魂？」

「嗯……若是懂得廬山仙術，就能從人體之中抽取生魂，靈魂抹掉神智之後，就如初生嬰兒無異。方法雖然殘忍，但還是有的。」

「還請大師收我為徒！」譚鐵匠立時便是朝著道士跪下，連連叩頭，誠懇的說道。

「好吧！見你盛意拳拳，我便把靈魂之法傳授給你，只是，你也要把製作這機械人的技術交給我。」

道士看了看譚鐵匠，眼珠一轉，便是說道。心中卻是動了主意，只要把機械人製造出來，配以自己的靈魂之法，便是能製造出一隊機械而成，不痛不死的軍隊！到時候，一聲令下便能斬妖除魔，輕而易舉。

道士心中洶湧，一副心思都放在實現腦海中的野心上，渾不知紅塵之險，不知眼前匍匐叩首的鐵匠心中所想，比他口中的妖魔，更要邪惡！

拜師禮成，兩人對視而笑，彼此各懷鬼胎。

＊＊＊

自此，譚鐵匠的家中不再傳來打鐵之聲，重門深鎖，縱使村民需要找他修補農具，也是不得其門而入，只能無功而回。

三年匆匆而去，一天晚上，正夜闌人靜間。

砰！

一聲巨響，從譚鐵匠家中響起，

譚鐵匠家從此多了一個女兒，青春少艾，天真爛漫，可愛至極。深得村民的歡心。

而當初的道士卻是就像是憑空消失了一般，杳無音訊。

《發明》 作者：季節

午休結束後，詹姆斯和王明甫剛巧碰上了面，便寒暄了幾句，才一起進了演講廳。

「王教授上午展示的新發明真是精彩啊，把記憶放入儲存裝置，搭配上以晶片植入腦部的手段。假如可以在社會上應用，那麼幼稚園至小學時期——甚至連中學的大部分知識都能被製作成一塊小小的晶片，直接轉移到小孩的身上，相信不久的將來，效率緩慢的學校教學模式將會被淘汰，而新生兒在身體發展到一定階段後，就可以直接投入到一些簡單的工作上，為社會增加勞動力。」

詹姆斯坐下後繼續侃侃而談，語氣中充滿恭維之意。

王明甫微微一笑，「你的團隊也是非常厲害，混合植物和動物的基因，試圖製造出新形態的生命體，而且居然已經有了初步的成果。」接著，他卻是傾過身，放輕了聲音：「只是，這樣的研究需要的資金大概不少吧？」

詹姆斯看上去志得意滿，「確實如此，我們之前面對著資金短缺的問題，幸好在上午的環節過後，已經有幾個大財團向我們提出了贊助的意向……」

王明甫點點頭，這一點，他的團隊也是一樣的。

＊ ＊ ＊

在廿一世紀中期，科技發展曾一度面臨嚴重瓶頸，為激發科學工作的活力，多國政府開始推動科學家與企業之間的合作，並籌辦了每年一度的跨國科學展會，使一些只有藍本的科研項目能夠曝光，以招攬充足的資金及其他必要的支援。

特定的情況下，資金倒是次要，某些研究缺少的是一些實驗的樣本以及測試對象，而這些科學家無能為力的事情，只要有一定人脈和財力，就很容易實現——當然，跨過瓶頸的這一大步曾經惹來極大的爭議，其中有道德上的、也有一些別的憂慮，但是在人們發現這樣的合作確實帶來不少益處之後，反對的聲音便漸漸小了下去。

他們說話的時候，演講廳的座位大半已經坐滿，其中除了王明甫和詹姆斯這類的研究者以外，不少都是西裝筆挺的企業代表，他們都拿著一疊厚厚的文件，口袋上別著一根鋼筆，準備隨時記錄感興趣的項目。

展會的流程並不拖沓，下午頭兩個項目很快就完成了介紹：一個是有關北極冰層病毒的研究，另一個是奇比亞斯教授有關人體機械化的項目。

待奇比亞斯教授領著他的團隊下台以後，接下來竟遲遲未有人上台。

五分鐘後，會場中有些觀眾開始竊竊私語。

只見主持人忽然急步上台，「請各位耐心等候，下一個項目需要再準備一下。」

聞言，王明甫與詹姆斯對視一眼，兩人不禁好奇起來，僅僅是介紹環節罷了，為什麼需要花費這麼長的時間？

這個展會的大多數講者都只準備了精美的簡報和龐大的數據，沒有成品的展示。畢竟，在他們看來，現在展出的這些項目都還沒有真正完成，萬一上台出了什麼紕漏，對企業的吸引力一定會大大下降，那麼當然是選擇更安全簡便的方式。

正思索著，王明甫便聽見轟隆隆的沉重聲音在會場的天花板上響起，他抬頭一看，竟見天花板中央出現了一個大洞，而一架直升機正在把一台機器從大洞裡放進演講廳。在大洞底下的觀眾自然也發現了這個情況，連忙起身躲避，至於其他人，則像是水裡等著食餌的鴨子一般紛紛抬起頭，目瞪口呆的望著這一幕。

待降落到一定高度後，直升機的艙門邊上，一個戴著便攜麥克風的白大褂男人跳了下來，穩穩落在那台機器的旁邊。然後，他對著直升機招了招手。

一個裝載著幾隻綿羊的籠子掉了下來。

王明甫定睛一看，那台機器看起來有些古怪，像是一個用兩個圓球砌成的鐵造雪人，而兩個圓球分別有一根喇叭狀的管狀物，王明甫一眼就看懂了：其中一根是吸收用的，另一根則是釋放用的。

這是什麼？某種過濾器？

「各位，讓我向你們介紹——綿羊化雲機。」白大褂男人待騷動平靜下來後，用手指向了那台機器，「對於一些受強烈日照和乾旱困擾的地區，這台製造雲層的機器可以為他們消除煩惱，只要放進一隻綿羊，便會產生出一朵白雲，假如放進去一千隻綿羊，甚至能產生出雨水！」

王明甫初時還因為這幕震撼力十足的登場而呆愣著，直到他消化掉男人的話語之後，便有些啞然失笑。

畢竟，人工降雨的技術在二十年前便已經成熟，而一千隻綿羊才能換來降雨的兑換比例，怎麼聽也很不划算。

觀眾裡有人相當不給面子的笑出了聲。

白大褂男人沒有受到影響，繼續説道：「讓我來實際示範一下這機器的用法，你們就會明白了。」

他打開了籠子，有些粗暴地把其中一頭綿羊拉了出來。可能是曾注射過藥物的緣故，綿羊看起來精神並不好，輕易地就被拖進了機器的粗管之中。男人在確認它進去之後，關上粗管內設的閘門，便拉下機器上的搖杆。

「嘶」——

會場裡迴盪著猶如熱水燒開後的聲音。白大褂男人瞇著眼睛，就像是在享受著這一刻。

一朵白雲，在幾秒間離開了機器上半的釋放管道，在觀眾們複雜的目光下，完完全全的飄往了天空之中。

「最神奇的是——」男人打開了那道關住綿羊的閘門，用手電筒往裡面照射了一下，空空如也。

「綿羊完完全全轉化成了白雲，機器裡居然沒有殘留半點雜質！」

王明甫頓時明白了。

不僅是他，就連其他的許多觀眾也都明白了。

一位企業代表舉手發問：「那麼，除了綿羊之外……可以放進其他生物嗎？例如是……人？」

許多年後，王明甫回想起這一幕，仍希望自己不曾見過白大褂男人因為這問題而露出的笑容。

《化成白雲的小綿羊》 作者：挪拉夫

小綿羊是農莊裡最溫馴的動物，黝黑的臉蛋上總是掛着一抹微笑，柔軟的白毛和咩咩的可愛叫聲總令人們忍不住要抱牠們一下。

小綿羊受人類寵愛，也信任人類，牧羊人和牧羊犬每天都會把小綿羊帶到農莊裡最新鮮的草坪，讓牠們大快朵頤，故此羊兒都覺得只要跟隨人類的步伐就不憂宿食了。作為交換，只需一年兩次在剃毛大會貢獻些毛髮罷了。

某天放牧，牧羊人把羊群帶到山坡上就開始打瞌睡，牧羊犬在平靜的草原裡遠眺風景時，一個穿紅衣的女人走近來，引起了羊群的注目。

女人穿的服裝上有金色銅錢和黃色星形圖案，她拿着紅色扇子向羊群招手，幾隻羊開始跟她走，然後成群綿羊被帶到莊園山坡下的圍籬，圍籬外邊坐着一個傭懶的機器人，它大喇叭似的手，經蛇管連接肥胖的軀體。

「乖孩子，你看到天上的白雲麼？」女人帶着嫵媚的笑容說：「它們原本都是綿羊。你們只要跳進這喇叭的手，就能化成白雲在天空自由自在飛翔。」

羊群面面相覷，又看着不知通往何處的喇叭手，誰都不敢踏前一步，女人於是走過去，輕輕撫摸其中一隻，溫柔地拍打牠的背，說道：「跳吧，乖孩子。」

一隻綿羊一躍而進，馬上被蛇管吸了進去，恐懼的眼神不消半秒就消失在羊前。機器人煙囪似的嘴巴隨即噴出濃厚的白煙，成了一團白雲緩緩飄上半空。

「看哪！孩子，黃昏來臨時，夕陽會為白雲染上七彩的顏色；到了深夜，雲兒還能徜徉半空看星星。」

聽到星星，不少綿羊都很雀躍，牠們只從羊欄裡的狹縫看過幾顆星星，沒有見過廣大無垠夜空裡的銀河。幾隻勇敢的綿羊率先跳進去，其他羊兒見狀，就一個接一個跳進喇叭形狀的入口，機器人的嘴也連續吐出一團又一團的白雲。

剩下最後的幾隻綿羊仍因滿心疑慮而發抖，金光紅衣的女人走近去，溫柔撫摸着最後幾隻羊兒，對牠們說：「快去吧，你的朋友在等你呢。」

女人揚起嘴角，露出血紅色的惡鬼尖牙。

《神諭卡》 作者：琉璃異色貓

卓韻琪手執入學通知書，雀躍萬分地來到那個夢幻學園。佇立在學園入口，仰望半空中以煙花拼湊而成的「歡迎」告示，卓韻琪不敢相信自己竟能入讀這所夢寐以求的魔法學園。

「歡迎來到星海魔法學園，麻煩出示入學通知書。」接待處職員笑容可掬。

卓韻琪遞上入學通知書，職員大筆一揮，通知書瞬即由羊皮紙幻化成學生手冊。職員將學生手冊交給卓韻琪，然後指示她往登記處領取新生禮物包。

新生禮物包？

新生還可以領入學禮品？這魔法學園也太佛心了吧。卓韻琪趕緊袋穩學生手冊，按魔法地圖上的路線指示來到登記處。

那兒並列著好幾張長枱，擺設一如市集的占卜攤位。

卓韻琪隨意挑了一張，就在她坐下來的瞬間，四周張開了結界，令她恍如進入了一個密閉空間，空間之內只有她和那個突然現身、坐在長枱後的女巫。

「歡迎入讀星海魔法學園，這是校方的一點心意。」女巫朝她笑笑，然後抽出一副神諭卡牌，手勢純熟地在桌面扇開：「隨便挑一張吧。」

是免費占卜嗎？

不過這兒是魔法學園，恐怕沒有「隨便」這回事吧？卓韻琪集中精神，伸手在卡牌上方遊走，嘗試感受卡牌的靈氣。半晌，突然有感，於是抽出其中一張轉交給占卜女巫。

「這一張是『Observe』，將會是你在學園上的第一課，也是我們送給你的禮物，你有三次使用機會。」女巫將神諭卡牌平放桌上，開始解說：「望，而不見真實；聽，而後聞弦音。」

望，而不見真實；聽，而後聞弦音？三次使用機會又是甚麼意思？

女巫似乎並不打算詳解，僅將卡牌夾在她的學生手冊之內。

「現在，你可以再選兩張卡牌，這兩張卡牌將決定你會進入哪個學院。」

卓韻琪翻開兩張卡牌：一張是拿著赤鬼扇的美女，另一張是一群綿羊被一台古怪的機器吸入後化作天上雲朵。

女巫掌心向上，兩手各指向一張卡牌，「你挑哪一張？」

卓韻琪無法解讀綿羊卡牌的意思，於是選取了美女那張。

女巫將美女卡牌夾在學生手冊，唸了一句咒語，然後將手冊還給卓韻琪。

「你有 24 小時決定要不要重選學院，24 小時後便不能再換。」女巫輾然一笑，「緊記，你只有三次使用『Observe』卡牌的機會。May the stars watch over you！」

「May the stars watch over you！」卓韻琪趕忙回應。

卓韻琪終於來到自己所屬的學院。那兒像一所貴族學校，學生全都端莊有禮氣派不凡。課室內，一群高年級生正圍在一個看來跟自己一樣新入學、有點不知所措的新生身邊噓寒問暖。

「我從未接觸過魔法，有點擔心追不上進度。」那新生訴説著。

束馬尾的女學生親切地拉起新生的手，「別擔心，我們之前上的都是理論課，我也不會用魔法。」

「對，理論課學的都是皮毛，我們一起努力吧。」短髮女生附和。

卓韻琪忽爾想起她的「Observe」卡牌，好奇地自學生手冊抽出，輕輕唸了一聲「inspicio」。突然，眼前那兩個親切友善的女同學竟長出獠牙且目露兇光，跟卡牌上美女手持的赤鬼扇一模一樣！

「這個沒有魔法血統的白癡！」

卓韻琪倏地回頭，誰？這話是誰説的？

「快給我滾回普通人的世界，別在這兒污染魔法學園！」

卓韻琪四處張望，半晌，才意識到這是眼前那些貴族學生的心底話！卓韻琪心底一寒，這群表裏不一的貴族學生也太可怕，留在這裏，不曉得哪天會被背插一刀，還是趕快轉學院為妙。

望，而不見真實；聽，而後聞弦音——眼所見的不一定為實，細心觀察，才能夠聽出弦外之音。

等等……

卓韻琪忽然靈機一觸，走到剛才那個占卜攤位取出「Observe」卡牌。假如她的神諭卡當真具有揭示「真相」的能力，那麼，若將卡牌用在魔法學園上，又會展示出甚麼真相？

在她唸出「inspicio」後，眼前白光一閃……

母親拉開窗簾，「還不起床？開學第一天別遲到了！」

卓韻琪舉手遮擋強光，不情不願地張眼，伸手在床頭櫃上探索眼鏡，摸到的，卻是那張「Observe」神諭卡。

《奇妙畫廊》 作者：嵐靈

當我說要去英國的時候，辰言讓我一定要去一個地方。我便問他為甚麼，他只說幫他買一幅畫回來，別的話就沒有多說。反正我是自由行，又沒特定想要做甚麼，去去也無妨。

我跟著辰言給的地址，去到倫敦市區的一條小巷，有點奇怪的是剛才明明是繁華的街道，人們川流不息，就轉個街角，這裡竟然見不到一個人影，甚至連剛才的汽車聲音，也丁點也沒有滲透過來。

我本著「先給辰言辦好他交待的事，然後就可以繼續輕輕鬆鬆地遊覽倫敦」的心態來到這裡。

這條小巷也就幾間小店，我很快就發現要找的那間畫廊。走到門口，我發現它還用中文寫著「奇妙畫廊」。我一邊心裡吐糟著「能有多神奇？」，一邊推門進去。

「歡迎來到奇妙畫廊。」一個妙齡女生說，看樣子不像是店主，似乎也不像店員。但店內又沒有其他人，我也只好跟她搭話：「你好，我的朋友讓我來跟店主拿一幅畫。」

「不急，你要看看我們這裡的畫嗎？」女生笑著說。

「不好意思，我想先幫朋友辦好他的事。」我看了看四周，覺得這裡的畫應該都不會便宜，對於我這種平凡的上班族來說，「買不起」。

「你不是不知道這裡為甚麼叫『奇妙畫廊』的嗎？」那女生慢慢地走近我的身邊。

「我……我沒興趣了。」我在想她怎會知道我的吐糟的，於是心虛地往後退。

女生和我的距離越來越近，然後突然她雙手把我往後一推，我便跌向放在我身後的畫上。本以為要壓倒這裡的畫，結果我竟坐在草地上。

當我回過神的時候，眼前出現了一部古怪的機器，一邊有綿羊跳到它的「手」內，另一邊它又噴出一團團像雲的白煙。這樣的光景，一直重複。

看著綿羊跳到它的「手」內，一隻綿羊、兩隻綿羊、三隻綿羊……糟了，我差點就睡著了，就在我快要蓋眼的時候，一隻綿羊衝了過來，把我撞出畫外。

可是離開了有很多綿羊的草地，我又掉到另一個冰雪地方，這裡有很多高樓大廈，突然有一架蒸氣火車出現，不過附近看不到有車站。火車慢慢地從我身邊經過，然後開往遠處。

接著，我發現一個有點像畫框的東西出現在十字路口。我走到它面前，仔細地查看，除了平地出現在路中心，沒看到有甚麼不同，最後，我嘗試穿過它。

在穿過畫框的一瞬，景象出現了變化，我到了一個全白的空間，我轉身看了一下身後，發現畫框不見了，但卻出現了一個女人的背影，我戰戰兢兢地走向她。突然她轉身面對我，她手中拿著畫有惡鬼樣子的紅扇。

就在她轉身那一刻，我身後有人大叫：「終於找到你了。」然後我就眼前一黑，在快要昏過去之前，我見到畫廊的女生拿著劍衝向手握紅扇的女人。

到我再次醒來，我發現自己竟然躺在酒店的床上，身邊多了一幅畫，正是剛才見到手握紅扇那女人的畫象。對於今天發生過的事，我似乎都記不起來，我只記得曾經到過一間「奇妙畫廊」。

《茶藝館的奇特女人》 作者：晴天天晴

茶藝館有個貌美如花的女子，她天生好歌喉，舞藝了得，身材婀娜多姿，是店裡最紅的招牌。所有的男人為了接近她，花下大把銀子只為了贏得美人芳心，這讓茶藝館的生意一天比一天的好。

這女人只在夜晚出現，在舞台上用著紅扇子遮住半邊臉，那扇子很特別，上頭畫著一半紅面獠牙魔，是『紅魔鬼』延伸出來的畫作。

她頭上有著一朵大紅花，出奇的鮮豔，在眾人的歡呼下，她扭動著身體，高歌唱了幾首，最後回眸一笑，妖媚退場。

後台有個年輕小伙子，是個奏樂師也是僕人，他對眼前的女子其實愛慕很久，但不敢隨意表明自己的心意。

女子來到茶藝館才幾個月，她的出現讓原本經營不善的茶藝館，有了起死回生的一刻。

老闆對這位財神爺畢恭畢敬的侍奉著，只要是女人開口，任何條件他從不拒絕。

「我出一千兩見茶藝姑娘一面，不開銀票，白花花的銀子我直接給。」一位財氣粗大的男子，將裝有一千兩的箱子放在店裡，翹起二朗腿，不屑的看著在場所有的男人。

「抱歉啊金大爺，本店招牌從不私下與客人見面，就算你變賣家產我也不能答應。」

「就一個婆娘，你何必跟錢過不去？」金大爺往旁邊吐了口水，一腳踢倒老闆，起身用力踩著老闆的手臂。

「別別別！金大爺，這不是我不願意，是當初她來時就立下的規定，再說她帶來的利潤比你的身價還高，我更不可能破壞當初答應她的事情，這是信用問題。」老闆苦苦哀求，但一番話又惹得金大爺更不高興。

「你是瞧不起老子身上的錢是不是？」金大爺又加重了力道。

「疼疼疼啊！」

「你不答應，那我自己去，見這婆娘一面，還需要你同意？」

金大爺朝老闆吐了口水，不顧店裡人的阻擋，大搖大擺的往後院走去。

其實要找到女子的房間很簡單，她那獨特的香味早已洩漏位置，金大爺推開房門，見到女子坐在床上，露出修長白皙的大腿。

「金大爺能先關上房門嗎？」女子說話柔聲細語的。

「當然好，妳這婆娘真是人間極品，誰能得到妳可真是上輩子修來的好福氣。」

「福氣？」

「我沒有惡意，只想近一點看看妳，看完我就離開。」

「你難道不知道見過我的人都消失了嗎？」女人拿著紅色扇子輕輕的揮著，她掩口而笑的樣子十分動人美麗。

「妳別開玩笑了，難不成妳會吃人？」金大爺大笑了起來。

「你答對了。」女人又輕輕地笑了。

「那我也願意。」金大爺早已動了邪念，他慢慢的靠近女人的床。

「不後悔？」女人最後再問了一次。

「不後悔。」

「那你來吧。」女人這次笑的更加撫媚。

金大爺一靠近，只驚嚇的尖叫一聲，空氣又恢復了寧靜。

女子頭上的花又更加鮮紅美麗。

店裡的人像是沒聽見金大爺的慘叫聲，一切正常出入店內，樂師敲了敲女子的房門，但他沒有入內只在門外靜候著。

「你下去告訴老闆那一千兩是客人給的小費，說我捐給茶藝館了。」

「好的，小姐。我這就去交代。」

「等等，別忘了再提醒老闆和店裡所有的人，別進入我的房間，包括你知道嗎？」

「好的，小姐。」

樂師離開後按照女子說的話轉達給老闆，這下把老闆樂壞了，說也奇怪，這世界的人似乎都忘了有「金大爺」的存在。

房間內女子彈起了古箏，那清耳悅心的歌聲傳遍後院，她幽幽的說了一句：

「吞下你的那刻，有關你的一切都會跟著消失，這世界根本不曾有你。」

題目：面具

面具有很多意象。

在實質上，面具有遮住人臉，讓對方看不見的性質；

抽象部分，隱含著表裡兩面、偽裝和掩蓋的涵義；

在奇幻方面，有某知名動漫的人物，或各種中二動漫的橋段等等。

面具，對作者們來說是什麼樣的意象呢？

請大家勾勒出一個小故事來吧！

《天狗的面具》 作者：古潮兒

「前面就是著名的北海道常紋隧道，它開通於 1914 年。施工當時，因為工人們被人勞役，以致過量體力勞動，再加上營養不良，有很多勞工成群倒下，他們不但未能接受醫治，而且還要被體罰。由於早期造橋開山等巨大工程缺乏職業安全概念，往往做成死傷眾多，當時傳聞指出，若以活人獻祭埋進建築裡，就能庇佑工程平安無事，日文稱為『人柱』，所以工人之間都開始謠傳，如果生病了，資方會直接將他們活埋進隧道中。」導遊向他唯一的背包旅客賣力地說，似是為自己多爭取小費。

「這些地方多為後人憑弔的現場，很難遇上真正的靈異事件。」旅客漠不關心地回應。

「想找一些真正的靈異地點嗎？我有好介紹，這裡附近有一間已荒廢許久的古老大宅，是一個知名的鬧鬼勝地。」

「非常好，立即載我去，我要探靈。」旅客如獲至寶地爽快回答。

那個導遊把旅客載到一間十分陰森的古老大宅後，說要找個地方入油及上廁所，豈料卻一去不返，感到被出賣的旅客唯有獨自在大宅外圍參觀。

眼前的大宅屬於上世紀初的建築風格，由於年久失修的關係，外牆長滿著青苔和藤蔓，加上受到風雪侵蝕而嚴重破損的屋頂，外表看上去令人毛骨悚然。

「豈有此理，這個導遊簡直離譜得很，竟把客人遺棄在荒郊野外！」由於當晚沒有任何地方落腳，加上電話沒有訊號，旅客發完一輪牢騷後，決定先往鄰近唯一的一個民居求宿。

「打攪了，我是來參加背包遊的，誰知卻被導遊遺棄在這裡。請問可否在此借宿一晚？」旅客不好意思地向前來應門的中年婦人說。

「沒問題，歡迎光臨。」中年婦人展現出親切的笑容。

就這樣，旅客決定在此逗留一晚，明天早上才展開他的靈異旅程。

中年夫婦姓安倍，他們為旅客悉心安排了石狩鍋作晚飯，還邀請對方一起共膳。

「多謝你們的熱情招待。我看到大廳和房間都有一位年輕女子的照片，她是否你們女兒？如果我住在她房間的話，恐怕有點不方便……」

「她正是我們的女兒。沒問題的，她一個人搬到東京工作，房間就這樣空置著不好。」安倍先生說。

「那樣就好了。其實我只下榻一晚，明天早上離開時便會到隔鄰的大宅靈探。」

「年青人，自己要小心一點。那間大宅荒廢了一個世紀以上，內裡經常有很多怪事發生，晚上更會……」

「我看你還是別嚇唬他，那間屋很邪門的，還是別去為上。」安倍太太直接打斷丈夫的話。

入夜後，旅客在房間就寢，他整晚想起安倍夫婦的話，輾轉難眠。就在此時，他聽到有女人叫聲從大宅傳來，叫聲淒厲，似是怨靈在宅內作祟。由於旅客一心想要撞鬼，故此認為機不可失，當下立即前往一看究竟。

旅客攝手攝腳地離開安倍家，然後手持電筒獨自進入陰森大宅內。進入大宅後，他聽到一把女人的呻吟聲，那叫喊聲更是如雷貫耳。他沿著呼叫聲尋找，在微弱的電筒照明下，終於給他在大廳的一個角落找到一個被綁起來的女子，口部更被膠布封著，當下眼見有人被綁架，旅客立即趨前救人，並且立即為她解開口中封條。

「原來妳是隔鄰安倍家的女兒，妳父母不是說過妳身在東京嗎？為何竟會在此？」當女子露出本來面貌後，旅客大吃一驚地說道。

「我不是姓安倍的！什麼父母？那間屋就只住了我一個人……小心後面！」女子說畢，旅客忽然被人從後猛擊了一下，當下立即失去意識。

翌日早上，當旅客醒過來後，發現自己和那名女子被人綁起來，他和女子的口被人以膠布封住。與此同時，一名戴上天狗面具的人在他們面前作法。那人以恐怖的口吻向著大廳上方的兩幅巨型黑白照片說：「爺爺嫲嫲，我已經為你們準備好合適的人柱了，他們會成為你們的替死鬼，你們在天之靈終於可以安息了！」

大廳的牆壁貼滿了上世紀初的舊報紙，內容都是描述當時為建造常紋隧道而出現的犧牲者。位於大廳上方的兩幅巨型黑白照片，竟是安倍夫婦二人。

「兩位是時候上路了！」就在此時，那人在二人面前除下天狗的面具，露出了導遊的真面目。

《畢業典禮》　作者：花火

夏季的暖風徐徐吹來，鳳凰樹上開滿了紅花，禮堂內外的牆上皆鑲著繽紛的花圈，校歌在校園裡長聲遠揚。經過三年的淬煉，孩子們臉上的嬌嫩漸然退去，他們已經準備好往下個人生階段邁進。

頒獎結束後，李主任從講台後方走了出來，他笑臉迎人的對張老師說：「恭喜恭喜！又帶畢業了一班，聽說你們班金榜題名的孩子是最多的啊！真對妳刮目相看！」

張老師穿著一身包裹緊實，但不失優雅的白色禮服，袖子上半透明的雪紡材質，讓她白嫩的肌膚隱隱作現。

「您過獎了，是孩子們爭氣。」張老師微笑著說。

「別謙虛了！」李主任忽然靠她很近，鼻息和話語一同傳來：「改天能否跟我分享一下妳的帶班技巧？」

張老師緊抓著捧花，不失禮貌的說：「要是有機會的話，我很樂意與各位老師一起分享。將孩子帶好，本來就是我們身為老師的責任，謝謝主任的抬舉。」

一個男孩子踏著輕快步伐，走來摟住她的臂彎。

「老師！我們來一起拍照嘛！」男孩子笑著說。

張老師對李主任點點頭說：「我先去看看我們班的孩子。」

男孩子快步的拉張老師離開，最後還不忘回頭給李主任一個大鬼臉。

畢業典禮結束後，張老師拖著疲憊的步伐走回辦公室，她坐在位子上把電腦打開，然後將桌子上滿滿的捧花仍到了腳邊的地板上。空蕩的辦公室只有點擊滑鼠的聲響，張老師登入成績登錄系統，最後一次確認畢業生的成績是否登錄正確，等到要回家時，已經晚上七點。

張老師一回家，就看到女兒躺在沙發上打遊戲。

「這麼晚了，妳怎麼還躺在這裡！」她生氣的說。

女兒沒有抬頭，只是停下玩遊戲的手說：「妳為什麼沒有來參加我的畢業典禮？」

「因為我……」

她還沒說完，女兒便搶著說：「就因為妳是張老師！妳只能出現在別人的畢業典禮！」女兒放下遊戲機，拿起桌上的畢業證書，塞在她的手上說：「卻不能來我的畢業典禮，當我的媽媽！」

語畢，女兒迅速的衝回房間，並用力把門關上，僅剩她一人怔怔的站在原地，望著手上的畢業證書和捧花。

《面具》　作者：放鶴

陽光斜照，駱先生從百貨公司中步出，手上提著破舊的公事包，另一手拿著早已被他翻得皺巴巴的報紙，拖著疲憊的步伐，往回家的路上走去。

只見四方八面的人群緩緩朝著駱先生的方向攏聚，漸漸融為一流。左右的看了看，暗中留意著身邊人群的步履，確保自己與身旁的人一般無異，便是跟著人流，緩緩的走進了列車的車廂。

列車之中十分擠擁，摩肩接踵，讓人不禁想起罐頭之中沙甸魚。而即便每人的距離不過咫尺，但卻是無人有開口談話的意欲。或眈天望地，或低頭默想，更多的卻是目光的看著前方，徹底的放空著，滿是人的車廂之中，竟是出奇地靜默。

在這狹窄的車廂之中，駱先生能清楚的聞到一股濃烈的古龍水氣味，那古龍水與汗水的氣味混合，散發。每一分秒都像攻擊著他的鼻孔一樣。讓他的鼻子很不自在，有種癢癢的感覺。

他皺了皺眉，強忍著心底之中的厭惡，用力的吸了吸那古龍水的氣味，努力的讓那氣味印在自己的腦海之中。

叮咚……

列車到站，車門徐徐打開，人群魚貫而出，駱先生也是跟著眾人的步伐，不緊不慢的混在其中，彷彿自己就是當中的一員。

走出車站，駱先生步行良久，終於回到了家。

「我回來了！」他大聲叫道，同時也不忘熟練地擠出一線笑容。

「歡迎回家！」駱太太在屋內快步而出，看見駱先生，燦爛的笑道。

「今天的工作如何啊？辛苦嗎？」駱太太賢淑的替駱先生除下西裝外套，掛在一旁的衣架子上，微笑著問道。

「還好，跟平常差不多。」駱先生避過了她的眼神，說道。

駱太太的神情總是這麼真誠，每一次都是讓他很有罪疚的感覺。

「怎麼會！你的上司讓你加薪了沒？每天都這麼辛勤地工作，實在太不近人情了。」駱太太有點哀怨的說道，一邊把駱先生剛剛脫下的鞋子收起。

「我的上司？」駱先生一怔，隨即搖了搖頭，臉上有點氣憤的說道：「別提他了，他今天還噴了超臭的古龍水，讓我的鼻子都是癢癢的！」

「不是吧！真可憐啊，難怪你今天身上有股怪怪的味道。」駱太太拉起駱先生的襯衫，鼻子輕輕的嗅了嗅，皺著眉說道。

駱先生隱蔽地皺了皺眉，輕輕撥開了駱太太的玉手，說道：「那是汗水跟古龍水混和的味道。別嗅了，鼻子會敏感的。」

說罷，便是吻了吻駱太太的臉頰，說道：「我去洗澡了，身上的味道也太重了。」

「好！洗澡後晚飯應該就好了啊！」駱太太幸福的微笑著，對著丈夫的背影叫道。

駱先生擺了擺手，快步走進了浴室之中，花灑的水聲傳出。隱約間，好像有著男人的低泣聲。

＊　＊　＊

後記：故事中，駱先生從來都沒有上班，所謂工作辛苦，上司的古龍水氣味很臭云云，其實也是他自己所編造的。唯有在浴室之中，開啟了花灑之後，他才能輕輕卸下面具，低聲哭泣。

《角色扮演》 作者：烏克拉拉

我有一個面具，它讓我有了能裝作若無其事的能力。你的呢？

＊ ＊ ＊

我和往常一樣，坐在桌前畫著圖，耳朵裡聽見的是優美的旋律，心裡很平靜。

但是畫著畫著，看著我筆下歡樂的少女，我突然覺得自己不該這麼開心。我的內心沒有任何理由地感覺到無比悲傷。

於是，我把圖中少女的笑容，改成了悲傷流淚的樣子。

可心裡不斷翻湧而起的哀愁並沒有消退，我拿起筆狠狠地在那女孩的臉和身體畫了幾筆。我從不這樣做的，但現在卻做了毀了這張圖的舉動。

我哭了，安靜地哭了。

內心的崩潰讓我感到無助，同時又無從説起這股憂傷從何而來。

我的家人回來了。我立刻擦乾眼淚，換上一張和往常一樣的笑臉，前去迎接。

「什麼事情這麼開心？」媽媽問。

「嗯，我剛才畫了張圖。」我笑著回答：「但我覺得畫得不好，所以又重畫了。」

「是嗎。」沒有多問什麼，她只是笑了笑，走進了廚房。

我也沒再多說什麼，只是臉上的笑容消退了。

＊　＊　＊

由於家的旁邊就是醫院，所以在自家的附近總會看見穿著病服的病患，還有其家屬。

今天早上不知道從什麼時候開始，家門口就停了一台藍色的小轎車。沒有留下任何聯絡方式，就這樣停了很久很久。

我坐在門口安靜地看著種在對面的桑葚樹，看著在樹枝上跳來跳去的鳥啄食桑葚。我喜歡像這樣靜謐的時光。

一位臉上帶著和藹笑容的奶奶，推著行動不便的爺爺走了過來，對著我抱歉地笑了笑：「小姐，對不起，佔了你們家的門口。」

我搖搖頭，笑道：「不會。爺爺的身體還好嗎？」

奶奶的笑容依然和藹，緩慢地說道：「年紀大了就是這樣，身體會越來越差……也是正常的啦！」

我幫著奶奶將爺爺扶上了車，然後替她將輪椅收好放進後車廂，奶奶不斷向我道謝：「謝謝妳，妳是個好人。」

我又搖搖頭，只是奶奶的眼淚流了下來。

* * *

這天，我和弟弟在家裡用電腦連線玩遊戲。我們玩得很愉快、很開心，甚至都忘了時間。直到肚子餓了，才想起來還沒吃午餐。

我煮了兩人份的泡麵，在裡頭加了肉片、青菜和火鍋料，我們一起吃了一頓安靜的午餐。

「爸爸好像很喜歡吃這種菜。」弟弟夾起碗裡的青江菜，說道。

「你想爸爸了？」從來都沒有表現出煩惱的弟弟突然這樣說，我有點驚訝。

「也不是想吧……但就是在他眼睛閉上的那天，我突然覺得，我很想跟他一起閉上眼睛。」

看著弟弟臉上的微笑，我彷彿看到了自己。

他又朝著我笑了一下，然後快速地吃完碗底的麵，說：「麵很好吃，謝謝姊姊。」

他肯定很難過，只是他自己不知道原來這就是「憂鬱」。

* * *

午夜，我睜著眼睛睡不著覺，突然覺得口乾舌燥，於是想走到樓下喝杯水。

只是還沒走下樓梯，就聽見了細微的哭泣聲。

是媽媽。

我坐了下來，安靜地聽。因為我不知道要怎麼安慰她。

我偷偷從樓梯欄杆的縫隙瞄了她一眼，她正看著和爸爸結婚當時的照片在哭。

啊……我從來都沒發現。

＊＊＊

我們都有一個面具，它讓我們有了不同的能力。

你想卸下這個面具嗎？

《魔女的茶會》 作者：琉璃異色貓

赤原真治每朝醒來第一件事，便是瀏覽一個名為「魔女同好會」的討論區。作為一個四十七歲的上班族，赤原真治從不敢在人前展示自己沉迷「魔女同好會」的一面，生怕別人恥笑他超齡中二病。

上了年紀就不能熱愛動漫？成年人便不能相信魔法？誰不渴望被邀請參加魔女的茶會？可惜這些心底話，赤原真治只能憋在心裏，在人前都不敢哼一句。

「魔女同好會」每逢月中必辦聚會，從場地佈置到杯碟茶點均一絲不苟。會員大都喜愛角色扮演，穿起精心縫製的魔女服盛裝赴會，每次都盡興而返。

在那個討論區待了整整兩年，赤原真治每則貼文也會仔細賞析，偏偏從未參加過任何一場聚會。再羨慕再渴望，他始終無法拋開自己的社會形象，融入那個年輕人的世界。是以當他發現自己的 IG 竟出現「**#狐狸小姐幾多點**」的貼文標註訊息時，那種興奮足可媲美抽到最新的魔女手辦模型！

赤原真治匆匆開啟系統訊息：

凡被標籤而又接受挑戰者，必須在十日內找一個十字路口，於黃昏時分背向太陽往前行三百三十三步，然後自拍上傳於該處大叫「狐狸小姐幾多點」的短片；最後再標籤三個朋友方算完成挑戰。

#狐狸小姐幾多點挑戰 #膽量測試 #不存在的神社 #即墨

雖然他並不十分熱衷社交媒體，但這個 IG 挑戰他知道，畢竟討論區也曾熱烈爭辯到底那家狐狸神社是否真實存在，大家若有機會挑選神奇面具的話，會希望得到哪種異能。

沒想到像他這種上班族大叔也有機會收到狐狸神社的邀請！

若當真是狐狸神社的話，可會遇上玉藻前本尊？這一次，他絕不可以錯過！赤原真治抓起門匙匆匆出門，背著夕陽前行了三百三十三步以後，來到一條陌生的小巷。

奇怪，他怎麼不知道附近有這麼一個地方？況且現在才六點多，為何商店全都已關門，只餘下一家燈火通明的書店？

佇立書店門前，赤原真治猝然了悟。

他曾玩過一隻陰陽師手遊，遊戲裏的稻荷神，正正就是「御饌津（Miketsu）」。而面前這個呈鳥居狀的門框、那塊刻有「MIKETSU」的匾額，還有那幅印有稻穗家紋的麻布暖簾，無不指向同一結論——眼前這家書店，恐怕便是通往狐狸神社的異界之門。

赤原真治取出手機，開啟了自拍模式，左顧右盼，見目下四野無人，於是急急低聲唸出「狐狸小姐幾多點」，卻始終不敢上傳到 IG……要是被上司同事發現那怎麼辦？他哪有面目上班？

掙扎一番，最後決定先收起手機，穿過那扇異界之門，一窺門後乾坤再作決定。

門後，即墨澪聽見那串清脆而神秘的風鈴聲，即時放下手頭上的工作準備出迎。

「最近的面具不大賣得出去，你就加把勁吧。」宇文亮頭也不抬，邊蹺著二郎腿邊翻他的《羅馬禮書》。

即墨澪狠狠地瞪他一眼，「誰叫有你這種瘟神天天蹲在這兒！」

宇文亮抬頭，似笑非笑地看了澪一眼，卻沒分辯些甚麼，再度低頭讀他的《羅馬禮書》。

澪重新堆上推銷員式笑容，急步走到赤原真治跟前，「歡迎光臨御饌津書屋。」

「咦？不是狐狸神社嗎？玉藻前呢？」赤原真治難掩失望。

明明是西裝畢挺的典型上班族，怎麼開口卻活像個中二生？

澪只好胡謅：「御饌津書屋正是現代版的狐狸神社，玉藻前最近事忙，到外地出差去了。」

眼角瞥見宇文亮彎腰憋笑的樣子，澪不禁在心中暗暗詛咒這個閒人。

「要看看我們店的神奇面具嗎？」澪岔開話題，幸而神奇面具每次都能成功轉移視線，萬試萬靈。

「神奇面具？」赤原真治果然上鉤了，「那，有沒有面具可以讓我參加魔女的茶會？」

甚麼跟甚麼？魔女的茶會？這大叔的思想果然有夠古怪，試問這世上怎可能有那種面具……澪正在翻弄面具的手卻戛然凝住，怎麼可能？

怎麼可能當真出現「魔女的茶會」面具？！

＊　＊　＊

即墨澪接觸過的面具當中，不管是運氣、死亡、讀心、勇氣、創造力……全都是功能向的面具，然而手上這一副卻恰似為那個大叔度身訂製一樣，一字不差地印有「魔女的茶會」五個大字。

怎麼可能？即墨澪肯定這天之前從未見過「魔女的茶會」面具。

「可是找到了？」赤原真治好奇地探頭張望，「噢！是這個了！我買！」

赤原真治如獲至寶地從澪手上攫走面具，恨不得即時戴上。

「等等，先讓我看看這面具的代價。」不知恁地，澪竟有一絲不祥預感。

赤原真治不情不願地交出「魔女的茶會」面具，「如何？」

「這面具的代價……是要成為魔女們的饗宴。」澪的預感靈驗了。

豈料赤原真治毫不猶豫地應允：「沒問題，我買！」

「等等——」太遲了，澪還沒來得及阻止，赤原真治便已匆匆戴上面具。

赤原真治連聲道謝，然後心滿意足地離開，留下尚未從惶恐之中回過神來的澪呆站原處。

宇文亮嘆一口氣，闔上《羅馬禮書》，「要追上去回收面具嗎？」

「沒用的，面具一旦戴上即已和稻荷神立下契約，就跟我的變身契約一樣，無法逆轉。」澪一副快要哭出來的樣子，「怎麼辦？我會不會害死他？」

宇文亮輕按澪的頭，「你沒見到他那如獲至寶的表情嗎？那是他的個人意願，你阻止不來的。」

「可是——」

宇文亮二話不說替澪戴上耳機，打開智能手機上的音樂資料夾，點擊播放「Sing Hallelujah to the Lord」。澪如同被催眠似的，不消片刻便倒在他懷裏。宇文亮一把將澪抱起，輕輕安放在梳化上。

「好好睡一覺吧。」宇文亮脱下外套罩在她身上。

「辛苦了，過來喝口茶吧。」白石花音端出兩套茶具和一壺碧螺春。

「真的沒有挽回餘地？」宇文亮呷一口清香襲人的碧螺春，「要是那大叔有甚麼不測，澪恐怕會哭得很傷心。」

白石花音抿唇輕笑，「放心，『魔女的茶會』面具並不存在。」

「那麼剛才……」宇文亮不免疑惑。

「面具的作用，不正是把真面目隱藏起來嗎？」白石花音輕拍亮的肩膀，氣定神閒地收拾茶具。

隱藏真面目、不存在的「魔女的茶會」面具？宇文亮雖然看不透當中玄機，不過這話既然出自白石花音之口，那大叔應該不礙事。

可是隔天倪詠曦便捎來赤原真治昏迷送院的消息。

空氣中出現了兩秒猶如訊號接收不良的畫面，然後倪詠曦憑空出現在宇文亮和澪的面前。

「你們託我留意各大醫院資料庫，剛剛接報大叔送院，已渡過危險期，現時正留院觀察。」

澪慌張得緊緊抓住宇文亮的衣袖，「出事了！怎麼辦？」

「送院原因？」宇文亮倒是一貫的冷靜。

「根據電腦病歷記錄，成因是過勞。」倪詠曦照實匯報：「依表面看來，應該和面具無關。」

「過勞？」澪不自覺地鬆了手，一臉疑惑。

「去醫院探病的話，還是保持人形比較理想。」宇文亮就知道澪那好奇心會按捺不住。

儘管澪努力説服自己此事與面具無關，卻始終難辭其咎。在宇文亮協助之下，澪得以短暫破解變身成耳廓狐的契約，成功保持人形前往醫院一探究竟。

面對床上那毫無反應的赤原真治，澪倍感內疚，「當真不是我害的？你看大叔那表情，可是仍沉醉在夢中那個魔女的茶會？」

「Bingo！」一個作魔女打扮的銀髮美少女倏地現身。

宇文亮下意識將澪挪到自己身後，解鎖智能手機，播出一段驅魔常用的拉丁語經文：

「Exorcizo te, immundissime spiritus, omnis incursio adversarii, omne phantasma, omnis legio, in nomine Domini nostri Jesu Christi eradicare, et effugare ab hoc plasmate Dei.」

眼前魔女臉容扭曲，然後隨著一陣白煙變回狐狸面具掉落地上！

澪上前撿起面具，翻過來細看，背面所印的卻非「魔女的茶會」而是「幻象」。

「幻象？」澪大惑不解。

「沒錯，我們既不是惡靈，亦非甚麼魔女，只是人類的幻象。」澪手上的「幻象」面具竟然開腔回應，嚇得她當下將面具扔向牆角。

「那『魔女的饗宴』又是甚麼一回事？」宇文亮畢竟習慣和靈體打交道，不慌不忙地提出他最感興趣的問題。

「如同民間傳說，信則有不信則無；幻象同樣以人類的信仰和想像為糧食，不信則滅。赤原真治對魔女的執念非常美味，讓我們享用了一頓異常滿足的盛宴。」面具如實作答。

「到底要甚麼條件你們才肯放過他？」澪右手緊握著左手，竭力壓止雙手的抖動。

面具發出一串銀鈴似笑聲，「你誤會了，我們並沒有禁錮他的能力，純粹是他不願自美夢中醒來面對現實。過勞亦是他的身體出了毛病，並非我們從中作梗。」

澪愣住，望向宇文亮，似要尋求肯定。

「我們收取了應得的報酬，按合約讓他看見魔女茶會的幻象。至於他會否醒來，那是他的抉擇，我們無法左右。」

話畢，地上那副「幻象」面具自中間裂開，分成兩半，然後化作飛灰，徐徐地消失於空氣之中。

澪雙腳一軟，癱瘓在地，再次回復成耳廓狐的模樣。

《助人之後》 作者：嵐靈

莫廷是一個小神仙，可是因為老是闖禍，被天神貶落凡間，並懲罰祂需要戴著面具去幫助十個凡人解決問題。

起初，莫廷為了可以盡快解決這件事，可以重返天庭，祂十分著急的抓著見到的凡人問他們有沒有遇上甚麼困難要解決，可是人們看到祂的面具，已經被嚇到不願和祂接觸。

莫廷見沒辦法完成任務，心情變得十分失落。祂獨自來到河邊，苦惱著要如何解決目前的困局。一個小女孩好奇地走到莫廷身邊說：「大哥哥，為甚麼你會坐在這裡？」

「你不怕我嗎？」莫廷覺得有點不可思議。

「為甚麼要怕？難道你是壞人？」經莫廷提醒，小女孩才記起父母說過不可以隨便和陌生人說話，稍為向後退了一步。

莫廷沒有再理她，繼續看著河面發呆。對於現況，祂真的沒有任何方向可言。當祂一直在煩惱著的同時，祂發現有一雙大眼睛在看著自己。

「你為甚麼還留在這裡？」莫廷說。

「因為你還沒答我問題，而且看著一時搖頭、一時嘆氣，好像好有趣。」小女孩回答說。

「我的事你也沒辦法幫忙的，所以你別留在這裡了。」莫廷帶點無奈地說。

「你都還沒說出來，你怎知道我沒辦法可以幫你。」小女孩鼓起腮，有點賭氣地說。

莫廷無奈地嘆了口氣，簡單地說因為受罰要幫助十個人，可是別人看到祂帶著面具便已經不願接受，也不等他說明來意。

「大哥哥，你跟我來。」小女孩聽完莫廷的話，竟然兩眼發光似的拉著祂往鎮裡跑。

「你等等，為甚麼突然拉我到鎮裡來？」莫廷不解的看著小女孩。

「你不是要幫人嗎？我知道那裡有需要幫忙的人。」小女孩說。

莫廷覺得反正自己現在也沒辦法，於是就跟著小女孩走，他們首先去了一個小巷，巷尾住了一個年老又不便於行的老翁，他希望可以到院子曬曬太陽。老翁的兒子早已搬到別的城鎮去，只剩下老翁一人還留在這殘破的小屋居住。早些日子，老翁不小心摔了一跤，便得躺在床上。他已經好幾天沒離開房間了。

莫廷聽小女孩說明了情況，在小女孩的安排下，祂把老翁帶到院子去，老翁滿足地享受著日光浴。然後小女孩又把莫廷帶到市集，這裡有一個賣熟食的店，老闆一邊要顧店，一邊還要照顧兩個小孩，女孩和老闆說了幾句，然後帶著小孩找莫廷，跟祂說老闆娘今天生病，所以老闆要親自帶小孩，所以現在他倆可以幫忙帶一下。

接著，小女孩又帶莫廷去到一家雜貨店，店主是一個婦人，他們二人幫她去搬了下店內的雜物……他們挨家挨戶去幫忙，最後莫廷發現自己已經幫了不止十人了。

黃昏時分，他們把小孩送回熟食店，竟發現有不少人已經在那裡等著，他們都帶著小禮物給莫廷，讓莫廷有點少感動。

在莫廷接受完所有人的感謝後，莫廷也想感謝一下小女孩，沒想怎樣找也找不到。在祂回天庭之前，祂明白到用心幫助人，別人會衷心去感謝的，這心情讓人覺得很快樂，所以祂偶然也會戴上面具去凡界幫助人們。

題目：尋寶之路

「寶藏」，這一詞令你想起甚麼？海盜？冒險？

你有獨一無二的「寶藏」嗎？這個寶藏是甚麼？放在哪裡？

以「尋寶」為題，寫出一篇小說。

題材不限，字數不限。

《易得無價寶，難得有情郎》 作者：放鶴

「小弟，把重寶之語交出來！否則她的性命不保！」卡西姆兇神惡煞的把彎刀橫在瑪姬娜的頸項之上，朝著阿里巴巴狠狠的叫道。

「哥……那藏寶巢穴可不是常人能去的，裡面還有著毒蛇猛獸，我能從裡面走出來，都不過是僥倖而已。若不是生活拮据，我也不會如此鋌而走險……」阿里巴巴急忙叫道。

眼中卻是閃過一絲冷意，沒想到自己的同母異父的兄長竟然如此陰險，趁著自己說溜了嘴的時候，挾持了瑪姬娜，逼自己把重寶之語說出來！

卡西姆聞言，卻是嗤笑一聲，說道：「你這渣滓也能在藏寶巢穴中活著回來，還帶了許多的財寶回來，為什麼我不能？」

說罷，手上的刀刃微微移向瑪姬娜的咽喉，微微施力，眼看就要把她嬌嫩的肌膚劃破！

「別別別！我告訴你、我告訴你！」阿里巴巴眼中閃過一絲殺意，面色卻是慌張至極，脫口說道：「重寶之語就是：『芝麻進門』！」

「芝麻進門？」卡西姆一怔連忙問道：「此話當真？」

「千真萬確！」阿里巴巴堅定的看著他，全無退縮之意。

「好！」卡西姆收起彎刀，用力在瑪姬娜的背後一推，把她推給阿里巴巴。

「如果我發現你騙我，你們倆就死定了。」卡西姆眼神冰冷的看著阿里巴巴，渾然沒有把他當成自己的兄弟。

「絕對不會。」阿里巴巴連忙上前，緊張的摟住了驚慌失措的瑪姬娜，輕掃著她的玉背，安慰著不斷發抖的她。

「哼，下一次有好東西，記得別瞞住我啊。」卡西姆神情一變，輕蔑的看著出身低賤的阿里巴巴，故意拉長地說道：「弟、弟。」

說完，便是跨上了一旁的快馬，絕塵而去，只剩下阿里巴巴，和瑟瑟發抖的瑪姬娜。

「阿里巴巴……我、我好怕……」瑪姬娜這才敢輕輕哭出聲來，緊緊的摟著阿里巴巴，飲泣著。

「放心……沒事了。你沒事了。」阿里巴巴溫柔的拍著她的香肩，說道。

「可、可是，你發現的寶藏，也沒有了……」良久，她才醒悟過來，緊張的看著阿里巴巴，那可是全國最大的藏寶之地，以魔法保護，如今竟是沒，有了。

「呵……」阿里巴巴一聲低笑，溫柔的看著瑪姬娜，說道：「你，才是我最大的寶藏。」

兩人用力的相擁著，彷彿世界之中，就只有彼此一樣。然而，在沒有人看到的角度裡，阿里巴巴的眼中卻透著一點隱蔽的狡黠，彷佛一切，都是在他的掌握之中。

佳人陶醉地倒在阿里巴巴的懷中，卻不知道重寶之語有著上下兩句，只知其一的話，便只能進入寶窟，而不能出。

及後，只需等個十天半月，自己的哥哥便會餓死在其中，到時候，那寶藏還是屬於他的，外加一個俏麗佳人，可謂一石三鳥！

《時光的寶藏》 作者：挪拉夫

阿健在地鐵站出口等候着，滑滑手機再次確認訊息匣。

時薪 500 元，無需學歷經驗，即日支薪——這樣的條件對 17 歲的他相當吸引。即使工作在晚上 11 點開始這點相當可疑，他也想過這會不會是求職騙案，甚或要他販毒之類的，但僱主堅稱是正常工作，他又急需一筆零用錢，只能冒險試試。

「你就是阿健？」一個面容蒼老、斑白頭髮的男人從遠方走來。

「對，你就是盧生？」。

「沒錯，這是我的咭片，別擔心，我們不是要做什麼非法勾當。」

阿健確認了他的名片，公司名稱和地址跟求職網站寫的一樣，原來這個其貌不揚的男人居然是董事長。

「是不是有交通津貼？現在可以算時薪了嗎？」阿健緊張得一下子問了一大堆問題。

「你第一次做兼職嗎？居然就夠膽接這種工作，我欣賞你的膽色。薪水方面你不用擔心，只要事情辦好，該付的我會付，我也不介意多付你一點獎金。跟我來。」

男人看起來有頭有面，阿健就不好意思再胡亂發問了，只好跟着他走到一輛停泊在路旁的私家車裡，老邁的司機早等候多時了。盧先生和阿健坐進後方，司機開動汽車。車子離開鬧市，沿斜坡上了半山，來到一處「郊遊徑」的路牌前停下。

盧先生示意司機在原地等候，叫阿健在車子裡頭等他。

「請問……我們這麼晚來郊區幹什麼。」夜裡的郊野四下無人，只得一盞微弱泛黃的街燈映照在偌大的停車場。盧先生打開車尾箱，從裡邊拿出大鐵鏟遞給阿健。

「拿着，」他自己拿了一袋沉甸甸的工具袋，又開了電筒照明，「我們現在去尋寶。」

「尋寶？」

「我要去這裡，你知道在哪裡嗎？」盧先生給阿健看一張老舊的鉛筆寫生畫，中央畫上了一個交叉記號，旁邊有棵小樹，四周設有幾個燒烤爐，。

「這是前面的露營地點吧。」

「聰明，來，帶我去那個地方吧。」

阿健拿着鐵鏟走在前方。他就住在這山頭附近，小時候陪爺爺晨運時，經常走這邊的山路，爺爺過身後他很少過來，但對這兒的一草一木仍歷久猶新。

但此時此刻他很懷疑這種人煙稀少的露營場所能埋藏着什麼稀有的寶物，就算真的有人曾經在此埋下了寶石或黃金，他也不覺得富有的盧先生會為此特意挑深夜無人來此處挖寶藏。

「我以前也住在這邊，我是陳綺芳中學的畢業生。」盧先生說，「但說起來都二十多年前了的事。」

「噢，那是這一帶的名校。」

「以前沒有那麼好。我看了一下你的履歷表。你也住在附近對吧，今年十七歲？」

「對。」阿健點頭說。

「我在你這個年紀就跟隨父親舉家移民到加拿大了。那個時候適逢香港 97 回歸的前幾年，出現了大規模的移民潮，光我讀 Form 6 預科的班級就走了四分之一的同學，到了 Form 7 考完 A-Level 高考，又再有一大幫人移居外國。」

「那盧先生是『黃絲』嗎？」不知怎麼阿健想到這樣的問題。

「哈哈，」盧先生乾笑了幾聲，「移不移民和『黃絲、藍絲』沒有關係，我們才不像你們什麼都講政治，哪裡能掙到錢，我就去哪裡，香港在 97 後還是商機處處，所以我在加拿大的大學畢業後，取了加拿大籍，還是回到香港來，現在的公司一做就做了十幾年……」

阿健聽着滔滔不絕的盧先生講故事聽得入神，不知不覺已來到路營地點的告示牌前方，從這邊再踩樓梯上去，就能到達盧先生「藏寶圖」中的位置。但阿健這時才覺得拿鐵鏟拿得太久手臂酸痛，但既然是受薪的，他又不好意思叫盧先生替他拿。

「上去吧，小心點，這邊的路有點斜。」盧先生一馬當先走在前方，阿健只好換個姿勢抱着大鐵鏟跟着他走。走着走着，兩人都喘着氣，石級又高又陡峭，多話的盧先生似乎都只能沉默下來，寧靜的山頭只聽見兩人的喘氣聲。

走了幾分鐘，終於來到露營地點，月色把樹木和燒烤爐的輪廓勾劃得清晰可見，阿健用電筒確認一下「藏寶圖」，除了現實的樹木比圖中茂密得多外，基本上差異不大，阿健幾乎肯定是同一個地方。

「來吧，阿健，我們得加快進度。」盧先生稍微理順呼吸後，就叫阿健到一棵粗大的老樹旁，在「藏寶圖」中記號旁邊的都不過是小樹，現在看來都成了盤根老樹了。

「我們輪流擔當挖掘和照明，你先替我拿着電筒。」

盧先生解開衣服，坦胸露背，拿起大鐵鏟挖着，又用鑿子把地上的磚塊掘開，掘出低窪後又小心翼翼地用小平鏟清理中間的泥土，像個挖掘化石的考古學家。

「盧先生，請問你在挖什麼呢？」阿健想起爺爺説夜裡的山中頭幽靈特別多，令他不寒而慄，生怕挖出什麼恐怖的骷髏，有點想叫盧先生打道回府。

「真累人，我這副老骨頭是不行了。該換你了小伙子，你像我剛才那樣，把這一帶都挖了。小心點，泥土裡邊可能有寶物。」盧先生把用具遞給阿健，自己擔當照明的角色，阿健只好硬着頭皮工作。

「不錯嘛小子。看你挖得這麼認真，我順道告訴你一個故事。在我十七歲離開香港的前幾個月，我和最好的朋友到這裡路營。我們是三男三女的六人幫，而我的初戀情人也在這幫人裡邊——小英，故且先這樣叫她吧。」

「你的初戀情人沒有移民嗎？」

「對，我家比她富有得多，移民費用不是問題，但住在公屋的她，就算心裡有多擔憂政權更替，也只能繼續留在香港。當年父親認為我到加拿大升學比較好，我也沒能耐違抗父親的命令，於是我們兩個被逼要分開。」

「遠距離戀愛不就行了？」

「小伙子，當年網絡不發達，也沒有多少廉航，更不像現在拿起手機就可以視像通話。人在外國，只能間中打一下長途電話，寫寫信，相愛而不能相知相見，還不如分手比較好。反正我們就選擇放棄。」

阿健力氣比盧先生大，耐力也好，不一會就把附近的磚頭石頭全都掘起，到處都挖成泥坑。盧先生拿着平鏟仔細地撥開泥土，認真的搜索，不一會果真看到一個罐子。

「有了！竟然真的讓我找到。」盧先生喜出望外地說。

盧先生清理罐子的泥土，然而它早已不止是鏽跡斑斑，罐子的蓋已跟罐身連成一塊，成了泥紅色的鏽鐵，盧先生怎撬都撬不開，只好用鎚子把它強行敲破。阿健看到裡邊有很多張膠片，膠片上用箱頭筆寫的字早已依稀難辨。

「盧先生，你花了這麼大功夫就是為了這個爛罐子？」

「對，它別具意義。那天晚上，是我們六人最後一次路營活動，我們知道之後就要各奔前程了，於是大家用膠片和箱頭筆寫下自己的願望，然後埋在這裡，再由擅長寫生的同學畫下這兒的風景，在埋藏的地方加上記號，就是你剛才拿着的藏寶圖了。我們埋下了『時間囊』，相約十年後在此處重聚，把它掘出來，看看自己的願望能不能實現。」

「那你寫了什麼？」

盧先生把泛黃的膠片遞給阿健，依稀的墨跡寫着一個女生的名字。

「原來小英的名字沒有個『英』字。」阿健恍然大悟。

「我當然不可能把她的真名告訴你。很蠢吧我。」盧先生自嘲道，「我當時也是這樣把自己寫好的膠片拿給小英看，並且叫她如果也寫我的名字，那麼我們十年後把時間囊挖出來時，不管大家有沒有新的對象、做着什麼職業，也要不顧一切跟對方結婚。當時我們是自行寫完放入罐子的，她只是點點頭，在黑暗中我沒有看到她寫了什麼。」

「最終十年過去，你們並沒有重聚打開罐子，對吧。」

「對！因為我們早就友誼不再了。而我始終耐不住寂寞，家人也在加拿大跟我找了門當戶對的女孩子，我結了婚，還生了孩子，但我的婚姻不太愉快，我們十幾年來都同床異夢，孩子長大了，我和老婆便離婚了，上星期正式簽了文件。今天我來的，就是為了一個解答，我想知道如果我當年我選擇了小英，命運會否就此不同？」

「那你現在可以看看，她到底寫了什麼。」

「沒有。」盧先生苦笑着，「這裡的膠片只有五張，應該就是小英沒有把願望寫進罐子。我現在明白了，原來當年她沒有把願望寫進罐子，她也沒打算等我。也對，她現在已經是別人的老婆了，她老公的名字間中會在新聞出現。原來只有我還在想這種事。不過也好，現在我起碼得到解答。或許當年即使我選擇了跟小英再續前弦，命運都不會改變。」

「盧先生，不好意思可能有點多管閒事，但你有沒有想過她只是把膠片寫好然後自己偷偷的藏了起來呢？」阿健問道。

「這倒有可能。」

「如果真的是夢想，我會把它好好收藏，讓自己可以隨時拿出來看，絕不會把它棄置在這種荒山野嶺。不過我人生經驗尚淺，或許沒資格這樣說，但命運會不會變你是永遠不會知道的。與其在這兒猜個有的沒的，倒不如跟你初戀情人見見面，當面問她當年這樁往事不會更好嗎？」

盧先生聽罷，咧開嘴笑着。

「小伙子真有好主意，那麼還有好多工作要做，我決定要再僱用你多一天，找個時間上來我公司好好談談吧。」

阿健點點頭，他不知道盧先生有什麼打算，但我感覺到這一份高薪的不尋常工作，或許會開展他人生的新一頁。

《最珍貴的寶藏》 作者：烏克拉拉

坐在樹梢上，巫子諾看著空地上那群孩子們在玩耍，心中卻沒有任何的羨慕和嫉妒，只是自他懂事以來，他就不曾見過「娘親」。

夕陽西下，孩子們的「娘親」都出來喊他們回家了，巫子諾的嘴角上揚，簡直就和自己的爹一樣嘛！

「吼——！」

「哈哈！」聽見這聲屬於野獸的怒吼，巫子諾俏皮地哈哈笑了兩聲，輕盈地從樹梢上跳了下來，矮小的他快速奔跑於樹林當中。

「臭小子！別以為你有巫臣撐腰就如此撒野！」

巫子諾跑得再快，也跑不過一頭比他大許多的白色老虎，很快他就被白虎叼在了嘴裡。巫子諾扮了個鬼臉，絲毫沒有悔意地說道：「你都這麼大的年紀了，還跟我這十歲小鬼計較什麼?反正我沒有踏出結界，爹就不至於治我的罪！」

「你出沒出結界，待我問過山祈便知！」明明白虎就口出人語，但是牠卻不用開口就有聲音從牠的喉嚨裡發出來。

白虎一路將巫子諾叼回了一幢古宅當中，一踏進院中大門，原本叼著巫子諾的白色大老虎在瞬間就變成了一位精壯的男子。他有著一頭金色短髮和燦金色的妖眸，結實的手臂拎著巫子諾的後領，生氣地走進了屋子裡。

「山祈，給老子滾出來！」

男子生氣地大喊，不出半刻，另一名黑色長髮、氣質散漫、手裡拿著瓶酒壺的男子從房間裡走了出來，慵懶地笑道：「小鬼，又闖禍了？」

「才沒有呢！是饕餮叔叔胡謅！」

巫子諾不甘示弱地高聲喊道，此舉惹來金髮男子的不悅，他又一把抓起巫子諾的領子，罵道：「敢情巫臣是把你當女娃兒養了？男子漢大丈夫，敢做敢當！」

「我又沒有踏出結界！」

「饕餮，你又吵什麼？」另一名戴著頭巾、有銀色長髮的男人也走進了屋子裡，一看見這番打仗似的場景，就立刻將巫子諾從金髮男子的手中抱了過來，警戒地看著他。

「巫臣，你太寵這臭小子了！」饕餮憤怒地吼了出來，口中那兩個較尖利的虎牙露出了凶光。

聞言，戴頭巾的男子望向自己懷中的孩子，問：「子諾，你出結界了？」

巫子諾搖頭：「子諾沒有。」

黑髮男人晃了晃手裡的酒壺，懶洋洋地說：「他確實沒出結界，是饕餮窮緊張了。」

「山祈，你該幫我！」饕餮再次怒吼。

「我誰都不幫，這山是我的地界，我只是實話實說。」山祈仰頭喝了口酒，然後打了個酒嗝。

巫臣皺了皺眉，伸手捏捏巫子諾軟綿的臉頰，語氣裡帶點責備的意味：「就算你沒出結界，也不該用這般無禮的態度對待你饕餮叔叔。」

「子諾知道了……」巫子諾轉頭望向金髮男子說道：「饕餮叔叔，對不起，是子諾失禮了。」

「哼！」饕餮不情願地撇開視線，像個孩子般地不想接受這個道歉。

「饕餮。」巫臣微慍，都幾百歲的人了，心胸還這麼狹窄！

饕餮燦金色的妖眸瞪了巫子諾一眼，然後不甘願地開口道：「再有下次，我就把你吃了！」

他話音剛落，巫子諾立刻就扮了個鬼臉，又惹得饕餮大怒，他立刻伸出虎爪將巫子諾從巫臣的懷中勾了出來，將他叼到庭院裡去。在屋子裡受到限制，使得饕餮不能現出真身，所以只好到庭院裡去了。

「臭小子！我今天就把你吃了！」

「來呀、來呀！」

巫臣嘆了口氣，但卻絲毫沒有要去阻止一人一虎的打鬧。

山祈笑了起來，又喝了一口酒：「饕餮嘴上說討厭小鬼，其實還是挺喜歡和他在一起的。」

「他就是心口不一。」巫臣笑道。

睨了巫臣一眼，山祈晃了晃空酒壺，緩步走進屋子裡，用慵懶的嗓音說：「你們兄弟兩個都一樣。」

＊　＊　＊

巫子諾是個被遺棄的孤兒，因為是被丟棄在這座山當中，所以就被這座山的山神——山祈撿了回家。

正巧那日巫臣和饕餮來找山祈喝酒，巫臣一眼就看中了那個孤兒，便收了他當養子。

而他們三人也從未隱瞞過他是孤兒的事情，很坦白地跟他說了他是被親生父母拋棄的孩子。巫臣原以為孩子會難過，但他並沒有。

他很高興地抱著巫臣，笑著說：「你們就是我的家人，是我的寶物！」

《考驗》 作者：嵐靈

海格是海盜島的下任當家，而傳統當家人選必須帶著九人去出海尋找當家印記，成功才可以繼任做領袖。

海格由爺爺手中得到藏寶圖，並需要由村子裡挑選了九人陪同他出海。

由藏寶圖所顯示，他們要去的地方叫千雪島，是一個終年積雪的地方。而且由海盜島去千雪島得花上一個月的時間，還要經過一處充滿暗浪的海域，他們必須預先做好準備，否則很容易會在這個海域迷失，甚至沉沒。

除了海上的危險，千雪島本身也是一個充滿危險的地方，凶獸當然是少不免，萬一運氣不好的話，會有機會遇上預測不到的大風雪。對於處於亞熱帶的海盜來說，這明顯是一大挑戰。

海格在挑選伙伴的時候，已經需要細心考慮，雖說他可以隨便選擇村子裡的人，但別人是不是願意同行，也是一個困難。

最終海格不負眾望，成功抵達藏寶的地點，找到了寶箱，但裡面只放了一封信，是他的爸爸給他的一封信。

信的內容是：

「海格，

爸爸相信你可以成功成為下一任領袖的。在旅途上，你應該也知道作為一個領袖並不容易，你的一個決定會帶來很大的影響，甚至有可以會危及其他村民的生命，希望透過這次尋寶讓你有深刻體會，讓你成長。

最後，恭喜你成功得到一班好伙伴。

爸爸」

原來所謂的考驗，是給海格認清自己的責任，作為一個領袖，需要面對挑戰的同時，也需要考慮和自己並肩同行的人要如何配合，知人善任。在旅途中，如何共同面對困難，才能在最後達成目的。

雖然這次挑戰，海格能成功完成任務，但這只是開始，他還有很漫長的路要走，他還需要繼續成長。

《綠野仙蹤遊戲》 作者：魅影

當辛梓同睜開雙眼，從床上坐起來後，發現房間內空無一人。

「奇怪？他們全都跑到那去了？」辛梓同失望地坐在上下床鋪的上層。

辛梓同是一名孤兒，父母因為吸毒而放棄他的撫養權，故此自孩童時期已經住在兒童之家。

然而，這裡的成員卻比真正的家人還要好，他們真正關懷他、包容他和照顧他。所以辛梓同非常喜愛他的「家人」，特別是那個和他出生入死、肝膽相照的「好兄弟」洗卓仁。

洗卓仁跟辛梓同一樣，從小便是兒童之家的成員。小時候，洗卓仁的父母雙雙自殺身亡，因為他的個性古怪，親戚們都不願意收留他，於是只能入住兒童之家。

他們兩人是同一天來到兒童之家，理所當然地被分到同一個房間裡。除了他們兩人，還有四名年紀相若的男孩，共六人同住一房間。

從此，辛梓同和洗卓仁便成為形影不離的雙胞胎兄弟。二人互相照顧，也互相愛護。在旁人眼中，似乎更像戀人，多於兄弟，可是二人異口同聲地斷然否認。

「他們到底跑到那去了？」辛梓同整理好自己的床鋪後，便跳到地上，四處張望，只見其餘床鋪也收拾整潔了。

「咦？」辛梓同在他床鋪的下方，即是洗卓仁的床鋪上，發現了一張被對折數次的黃色紙張，「這是甚麼來的？」

好奇心的驅使下，辛梓同打開紙張，洗卓仁醜陋的字體便出現在眼前。

「『請找尋更多的我。』」

「是甚麼意思？」辛梓同把紙張翻到背面，卻發現甚麼都沒有，「找尋更多的我，是指這張紙嗎？」

「難道……這紙張是線索？」從小是個偵探迷的辛梓同，超喜愛看《柯南》和《福爾摩斯》。於是這一刻，雙眼發光的他，馬上在房間內找尋線索。

「沒有。」他走到同伴們的床鋪仔細地找尋，「這裡也沒有。」

「有了！」然後在衣櫃裡的抽屜中找到了另一張紙張，這次是橙色的，「『同伴說肚子痛。』」

「欸？肚子痛……那應該是去洗手間吧？」辛梓同馬上跑到洗手間裡尋找，「洗手間裡有地方可以收藏東西嗎？」

辛梓同把洗手間找了一遍也找不到線索，正苦惱之際，突然想起早前洗卓仁為了不讓院長找到違禁品，於是偷偷地把物品放進水箱裡。

所以，他決定翻開每個水箱查看，結果在最後一個水箱中，找到一張被密封袋封好的綠色紙張。他小心翼翼地從密封袋中取出紙張，並打開閱讀，「『和同伴去吃飯了。』」

「這次是去飯堂呢！」說著辛梓同把紙張塞進外套口袋裡，然後便前往飯堂。

在飯堂裡，辛梓同趴在地上，檢查桌子和椅子的底下有沒有線索。

「不是吧？甚麼都沒有？」把飯堂裡的桌椅全都檢查過後，結果毫無發現，「到底會在那……」

突然，他的視線落在飲料販賣機上，一張藍色的紙張就這樣大剌剌地貼在其中一罐汽水上。

「不會吧？這麼明顯，我怎會現在才看到啊？」辛梓同馬上掏出硬幣，投進販賣機。數秒後，他手中拿著藍色紙張，「『交心時最好有花兒在旁。』」

「交心？花兒？」辛梓同拉開汽水的拉環，把汽水灌進口中，「啊！是中庭的花園！」

辛梓同拿著汽水走向花園。

「花園說大不大，應該從何找起啊？」他看著有半個籃球場這般大的花園，一時之間不知道如何做。

「等等！交心？卓仁說的交心……難道是指我們小時候，經常因為害怕而睡不著，然後偷偷地跑到花園的某角落聊天的這件事？」辛梓同走到一處有著成年人身高的假山前方。

小時候，他們總喜歡躲在這裡聊天，因為背後有假山，前方又花圃阻擋，所以不容易被發現，從此這裡成為了二人的秘密小天地。

「果然是在這裡！」在假山前的地上，有一張紫色紙張，上面寫著：「『往日我們接受懲罰的地方。』」

「圖書室！」看到字句，辛梓同馬上大叫。院長最喜歡「請」他們到圖書室裡抄寫聖經，以當作做錯事之懲罰。所以，他毫不猶豫地直往圖書室走去。

踏入圖書室，辛梓同筆直地往聖經擺放的位置走去，然後拿起聖經快速翻閱，一張青色紙張緩緩掉到地上。

「『我們每個星期日也要去的地方。』，這次是禮拜堂！」辛梓同讀著紙上的字句，然後把聖經放回原處，走出圖書室，往禮拜堂走去。

當辛梓同打開禮拜堂厚重的大門，便看見一張紅色的紙張明目張膽地放在講台上，於是他向著講台走過去。

就在辛梓同步入禮拜堂的同一時間，他的身後，走出了數十人，慢慢地走到他的身後。

這時，辛梓同伸手拿起並打開紅色紙張，閱讀上面的字句：「『梓同，生日快樂！』」

「梓同，生日快樂！」

在他閱讀紙張之際，震耳欲聾的聲音在辛梓同的身後響起，眾人高聲說著紙張上的字句。

「啊！原來你們全都在這裡！」辛梓同嚇了一大跳，回頭看到兒童之家所有人都圍在他的身邊，他感動得眼泛淚光。

「梓同，祝你十八歲生日快樂！」冼卓仁雙手托著一個兩層高的糖膠大蛋糕走到辛梓同的面前，「請壽星許願。」

「啊！這個是我嗎？」辛梓同看見在蛋糕頂部有一個師氣的男生，「真的很感謝大家！先容我許個願。」

然後，辛梓同雙手合十，閉起雙眼，在心中許願：「但願我能夠跟卓仁一直在一起，永不分離！」

許願後，辛梓同把蠟燭的火光吹熄掉。眾人紛紛爭相把禮物交到辛梓同的手中，然後又抓著他拍照，使他感受到眾人滿滿的愛！

直到最後，有一個人還沒有向辛梓同送上禮物，那人就是以雙手環胸的姿態依偎在大門邊的冼卓仁。

洗卓仁把蛋糕交給院裡的職員後，便走到門邊等待著辛梓同。他的目光一直放在辛梓同的身上，嘴角溢出寵溺的笑容，最後看著辛梓同一步步走向他。

「卓仁，你怎麼在這裡啊？你還沒有給我禮物呢！」辛梓同臉上掛著幸福的微笑，走到洗卓仁的面前，「禮物呢？」

「我已經給了你啊！」洗卓仁依舊雙手環胸，以柔情的目光看著辛梓同，寵溺地笑著說：「它們就在你的外套口袋裡啊！」

「甚麼？你甚麼時候給我的喔？你說禮物在我口袋裡？」辛梓同一臉呆滯地把手伸進外套的口袋裡摸索著，然後掏出口袋內的紙張，「哪裡有禮物啊？就只有這數張紙張……」

洗卓仁笑而不語，伸手接過辛梓仁手上的紙張。

「看到紙張上的折疊痕跡嗎？」洗卓仁拿起其中一張，指出紙上的坑紋，「你試試根據這些痕跡折疊，然後以彩虹顏色排列，看看會變成甚麼。」

「這樣嗎？」辛梓同跟著洗卓仁所說的方法嘗試折疊紙張，再依彩虹色來排列。

「首先是紅色，然後是橙色，黃色放在這裡……之後是綠色、青色、藍色，最後是紫色，排列好了！這是……！」辛梓同驚訝地看著手中的紙張形狀，「這是一個心形！」

「嗯！你把它翻到背面看看。」洗卓仁神秘一笑。

「怎麼你笑得這樣古怪，到底是……」辛梓同感到相當震驚，因為他看見心形的背面，出現了數個字：「『梓同請和我交往！』」

「只要把每一張紙張以彩虹顏色排列，然後看每句提示的首個字，便能夠發現這個訊息了！虧你還說你是個偵探迷呢，怎麼連這樣簡單的謎題也看不懂啊！」冼卓仁笑著給辛梓同一記爆栗。

「甚麼啊！我只想著找線索嘛！那有想到還有這樣的佈局啊！」辛梓同不滿地撅著嘴，以手輕撫被爆栗的地方。

「所以呢？」冼卓仁雙手插袋，以帥氣無比的姿態看著辛梓同，「你的答案呢？」

「甚麼答案？呵呵！」辛梓同裝傻地跑開了。

題目：下雨天

「雨」經常被說成是「上天的眼淚」。

在憂鬱的下雨天，能夠編織怎麼樣的故事呢？

請以「下雨天」為主題，創作一篇愛情故事吧！

《雨傘中的情意》 作者：毛鼠之之

難熬的大學期末考終於結束了，琳雅收拾著桌上的文具，並拿出先前準備考試的筆記用紙，看著上面的醜陋字跡，只覺得熬夜唸書的代價還真是大，完全認不出自己的字，連有沒有寫的記憶都忘了。

她的習慣是考完試後，會把這些奇怪的筆記通通丟掉，因為每次丟掉都會有心中放下大石的感覺，所以現在她開始整理書包中的筆記，連同手機一同拿出來，怕晚點學長聯絡她的訊息會被忽略。

說到學長，琳雅總是覺得不可思議，原本還不相識的他們，因為打羽球，讓彼此注意到對方。他們是在休息之餘，不經意聊到以前的母校，居然是念同一間，連家裡住的地方都很近，學長還說過，之前在某間餐廳看過她，但那時她完全沒注意路人的樣貌，所以要說有緣嗎……琳雅也認了。

現在她跟學長算是曖昧關係，沒有到情侶，但也說不上是喜歡，可以說是閨密的情感。因為家裡很近，只要兩人都有空，都會相約一起回家，順便聊聊今天的趣事。

琳雅把筆記都整理好後，打開手機，發現學長都沒有回她訊息，可能還在考試吧，正要思索要不要去學長教室附近等待，螢幕上跳出來的文字讓她嚇了一跳。

「我考完了，妳在哪？」

真的是心有靈犀啊，琳雅心跳加速，殊不知自己的臉孔笑意滿分，還透著些許微紅，她興奮的打出約定見面的地點，踏出教室，結果好死不死，一聲打雷讓她差點又跳了起來。

真是麻煩，明明天空還有耀眼的陽光在上頭耍老大啊。琳雅在心中咒罵一大堆，卻還是乖乖拿出雨傘，往約定的地方走去。

＊＊＊

還沒到達目的地，遠遠就看見學長站在教室門口等待，琳雅不管已經濕透的鞋，撐著傘快速跑去。

「妳幹嘛這麼急啊？」學長疑惑的問著狼狽的琳雅。

「教室這麼遠，你應該等很久吧。」琳雅收起雨傘，拍拍身上的水滴。

「我的雨傘比較大，等等跟我一起撐吧。」學長無奈的望著她，提出意見。

琳雅點點頭，沒察覺學長那深邃的眼神冒出奇異的光芒。他們走向樓梯口，面對著傾盆大雨，天空卻被夕陽渲染下，閃著淡橘色的光彩。這古怪的天氣令琳雅不禁碎碎念起來：

「真是的，天空這麼美，卻還要溼答答的回家。」

「沒事啦，走吧。」學長拿出他的深藍色雨傘。

由於琳雅身高較高，因此他們在行走的時候，琳雅感到不太自在，雖然學長撐雨傘的技術很好，但還是哪裡怪怪的。

「給我拿傘吧。」琳雅趁著沒其他話題，提出這個問題。

「有差嗎？」學長轉過頭，平靜的表情有些不滿，琳雅知道他對於身高這件事很敏感，連忙解釋道：

「不然我跟你一起拿啦，因為我覺得一直給你拿怪怪的，反正也空手，風又這麼冷，取暖也不錯啊。」琳雅理所當然的說著，手還自動往學長拿著傘頭的手伸去，不等他回應，直接握住他冰涼的手。

「……你開心就好。」學長不滿的表情瞬間放鬆下來，在望向前方的同時，他不常笑的嘴角悄悄的勾起來。

「哇！你終於笑了耶！」琳雅盯著學長的側臉，笑嘻嘻的揶揄著。

「妳哪隻眼睛有問題？」

「我明明就看到了！」

他們一個氣嘟嘟的頂嘴，一個理直氣壯的回嗆，殊不知在這支抵擋大雨的傘下，悄悄萌生出的情意，已充滿彼此的心中……

在你在乎我的時候，我也在乎你啊。

《寒雨帖》 作者：花火

烏雲遍遮月餘天，衣褲不乾漸生霉；
吳牛喘日屬真事，欲曉天公何時美？
風雨冷洌撼齒間，手腳凍寒斷知覺；
世間已無暖暖包，只盼冬陽能再歸。

《萍翳與和尚》 作者：放鶴

「雨師大人，娘娘有令，是時候下雨了。」

在萍翳的背後，有著一位半跪著的神祇，恭敬地對着她説道。

「嗯，知道了。」萍翳有點沒精打采地答道，素手一揮，一片烏雲便是籠罩著大地，只待她一聲令下，便會降下雨水。

萍翳是一位雨師，是天宮之內的一位神祇，專職降雨。然而每當她要工作的時候，人們便會紛紛打起傘子，或是躲了起來，讓她很是沒趣，頓覺自己為人討厭，因而鬱鬱寡歡。

只見她慢條斯理地來到雲端，盤膝而坐，玉手輕托香腮，手一揮，天地之間便開始講下大雨來。

刷！不遠處，電母興高采烈地對她揮了揮手，天空頓時閃過一抹電光。

萍翳還待要回揮過去，卻猛地發現電母揮手的方向不是向著自己，而是自己背後的雷公！

轟隆！

雷公呵呵大笑，快步而行，很快跟電母相擁，兩人看著對方，眼中的深情像是要溢出一般。

萍翳看在眼中，只覺得很是辣眼，心中倍感惆悵，心中暗道：「天庭之中，大家都雙雙對對，只有我形單隻影，難道我就如此討厭麼？」

她轉頭看向下方的凡間，只見人人或匆忙避雨，或撐起雨傘，片刻之間，已是看不到半個人。

「果然，人人都在躲著我……」

忽然，在她眼中，閃過了一顆光頭，在雨水之中緩緩而行，渾沒有避雨的意思。這在芸芸眾生之中，很是顯眼，讓她生出了一絲好奇，連忙來到那光頭的頭頂觀察著那人。

只見那人眉清目秀，雖則在頭頂有著六點戒疤，但卻仍舊不失為一個美男子。

「這位大師，人人都要避雨，為何大師不避？」終於，萍翳按耐不住心中的好奇，開口問道。

那僧人雙手合十，微微一笑，說道：「身中四大，各自有名，都無我者，雷電雲雨皆是空，何須避乎？」

意指四大皆空，一切都非真我，既然雷電雲雨都是空，那麼他自然不需要避了。

萍翳一怔，不是太懂，只知道這美貌僧人不會避開她，心中很是歡喜，美眸看去，只見那僧人雖然頂上無髮，但面如冠玉，一時之間，不覺痴了。

自此，那僧人到處，必有細雨伴隨，萍翳便跟在他的身後，痴痴地看著他。

《邂逅》 作者：季節

前一分鐘，翟情還站在懸崖邊緣，與十多個人對峙。

後一分鐘，她選擇跳下懸崖，以求得微薄的一線生機。

翟情無法判斷懸崖究竟有多高。

這個地方本就是一片奇地，山峰連綿不斷，而又陡峭難行、雲霧繚繞，一般人走了進來，絕少能夠完完整整的離開。因此，這裡被附近的村民稱作禁區。她猜，也是因為這一緣故，那些人才把它當成是埋葬「魔女」的最佳場所。

她很清楚他們有多憎恨和恐懼自己，讓她死在這裡的話，他們就可以慢慢處理屍體，以免遺下後患。不過翟情選擇跳下懸崖，另一個目的也是為了迷惑他們：假如她真的逃脫不了死亡的命運，那麼，至少在自己身死之後，他們也必須苦苦搜尋她的屍首。

直到找到之前，這些人也不會有一晚安穩的好眠，他們會不停質疑——她是真的死了嗎？會不會有那麼一天，她會突然出現在自己的房子裡，殘暴地殺掉他們的家人？

翟情直直墜落。她的身體穿過迷霧，手腳已經冰冷而毫無知覺。

底下假如是水的話，她大概還有一絲活命的可能性，但是翟情耳中所聽到的，只有呼呼的風聲，沒有河流沖刷山壁的那種特殊聲響。

她想，這就是自己的終結了吧？

但是，就在這個絕望的念頭劃過她腦海的一剎那，空氣凝固了。

這並非一個誇大的描述，她確確實實地感覺到，周邊的空間似乎在某個瞬間停滯了一下，接著卻是以非常緩慢的速度，繼續著它自身的時間——用更為直白的話來說，她墜落的速度變慢了。

漸漸的，她察覺到擊打在身上的雨點，它們正在逐步沾濕她的衣服，刺痛她背上和雙腿的傷口，這也讓她發現自己在懸崖上受的傷居然如此嚴重。

最後，就在翟情嗅到一陣清新的青草味時，一雙手也牢牢地接住了她。

是……誰？

她想要睜開眼睛，卻因為疼痛和之前累積下來的疲累感，就此昏睡了過去。

兩天後，翟情才知道救了她的是一個男人。

男人自稱天行。

崖底的這片平原上，只有天行的小木屋，以及彷彿永不歇息的滂沱大雨。翟情記得，自己墜崖的那天天氣晴朗，但到了崖底，卻彷彿來到了別的空間。

翟情醒來的時候，她的傷口已經被簡單包紮過，原本的破爛衣裙也換成從未見過的簡陋衣服——這個形容算是一種褒美，因為這件披在她身上的布，看起來只是把一個大麻布袋剪出了三個洞罷了。

屋外雨聲很大，她正想出去看看，卻聽見了腳步聲，一個背著竹筐的男人隨即走進木屋之中。

「你醒了？」

男人的長相十分英俊，就連翟情也不得不承認這一點，而且他的聲音中，存在著某種純粹得過分的東西。

翟情有種感覺，那種「純粹」是自己以前所未曾接觸過的。

正因如此，她與男人對視的時候，警惕心抬到了前所未有的高度。懸崖上的那些人之中，也曾經有著看似人畜無害的傢伙，這些傢伙用那副面孔接近她，竊取她的秘密，然後用來傷害她。

男人卻只是對她笑了笑，然後從竹筐裡拿出了一捆綠色的蔬菜，走到廚房裡去。

那天他做了一鍋粥，粥裡面只有青菜，沒有肉。

翟情討厭蔬菜。

她醒來後的第二天，天行不知從哪裡拿出了一部簡陋的木輪椅，他似乎知道她已經厭倦了狹窄的小木屋，因此帶她去散散心。

天行又在輪椅上綁了一片大得誇張的荷葉，這種大荷葉，翟情只在某些土得掉牙的動畫裡見過。她有些嫌棄它的醜，但假如她不想感冒的話，荷葉在這鳥不生蛋的地方也算是很好的雨傘了。

「又下雨了啊。」翟情說。

「這裡每天都在下雨。」天行答道。

翟情看了看天空，天空只有緞帶一般的雲霧，在雲霧之下便是瀑布一般的雨，雨讓他們的視野變得非常模糊，天行説，在這個地方，根本無法看見距離幾步之遙的事物。

簡直是一個最適合躲避追殺的地方。

而翟情很聰明，她沒有主動去問天行為什麼會住在這裡。

第三天，天行見翟情吃膩了青菜，便提了釣竿要去湖邊，翟情見腿傷開始好了，也跟著去了湖邊。

他們釣上了兩條魚，天行釣魚很熟練，但不擅長挑魚刺，而翟情不懂釣魚，可是她自小就必須在繼母的剩飯剩菜裡挑走魚刺，手法自然非常俐落。

那天晚餐，翟情見天行吃得艱難，翻了個白眼，便拿了他的碟子，幫他挑魚刺。

第四天、第五天……

翟情的傷口已經收攏得七七八八，她有時候會到木屋的門外，在屋簷下的階級蹺起二郎腿，等著天行帶晚飯的菜回來，她不喜歡蔬菜，因此每當看見天行的竹筐盛滿綠油油的葉子時，眉頭總會皺一下。

有一天，天行難得地抓了一隻雞，據他說這是外地來的雞，因此可以食用——他似乎自有一套理論。

那天晚上，有一半的雞被燉了湯，帶著溫度進了翟情的胃裡，另一半的雞則用醬油調了味，伴著白飯十分美味。

雨從來沒有停過。

翟情抬頭看天的次數漸漸變多了。她經常在回想懸崖上的那一天，回想那些人的嘴臉，心思也就變得跟雨聲一樣，滴滴答答、躁動不安。

終於，她看膩了下雨。

而這次，天行見她看膩了下雨，便收拾了簡單的行囊，把她那件破爛衣裙縫上補丁。

翟情有些嫌棄，但總不能穿著麻布袋去見仇人，於是勉為其難把衣裙穿上之後，兩人手牽著手，離開了崖底。

半個月後，附近的村民發現雲霧消散，再半個月後，村民自由進入山林採摘野果、進行捕獵。

這片山脈曾被稱作「禁區」一事，已經被人遺忘。

《會錯意的愛情》 作者：烏克拉拉

我是校園裡的風雲人物，所有女孩子見到我都會發出尖叫聲；男同學們都會投射出羨慕和嫉妒的眼神。

那當然！我可是每天都被自己帥醒的。

這天下起了雨，我看見一個女孩子站在屋簷下，好像很苦惱。

我走上前去，撥了下自己的瀏海，問：「要送妳回家嗎？妳好像沒有傘。」

那女孩抬起水汪汪的眼睛看著我，然後輕輕推了我一下就嬌羞地跑走了。我整個人跌坐在了地上，看著她漸漸沒入雨中的背影。

她也太害羞了吧？不過真是可愛呢。

居然這麼靦腆地拒絕了我，但我知道，她一定對我一見鍾情。她居然願意為了我丟掉自己的性命。

我耳邊還迴盪著她美妙猶如天籟的聲音。她說：「要我跟你這變態一起撐傘，還不如死了算了！」

《雨天晴人》 作者：琉璃異色貓

有時候，淩小雅真懷疑僅下雨天他才會出現。她甚至暗中替他起了個外號：雨男。

每次碰到雨男，他總是躲在學校操場的簷下避雨。本來惱人的雨季，因為雨男的出現變得清新而浪漫。

雨男長著一張叫人賞心悅目的側面：五官立體、輪廓分明，還有那深邃憂鬱的眼神，彷彿盛載著一整個汪洋的心事。

「你也忘了帶傘？」雨男初次開口。

「嗯。」這場雨瞬間轉移到小雅的內心，滴滴嗒嗒的敲打著她的心房。

其實小雅有帶傘，她只是捨不得錯過和雨男獨處的片刻。

雨男朝她笑笑，然後不再說些甚麼，只靜靜地仰天賞雨。他的笑像是那道破雲而出的銀光，耀目而溫暖。

小雅希望他能多笑一點。

又一星期，又一個下雨天。小雅等了又等，可是這次雨男卻沒有出現。

小雅開始懷念他和煦的淺笑。

一個月後，雨男再次出現，仍舊佇立在那個小小的屋簷下。可是他給小雅的感覺有點不一樣，平日的憂鬱一掃而空，今天的他朝氣活力，彷彿是個自帶陽光的男孩。

小雅鼓起勇氣上前，取出書包裏的折疊傘，「你可是要到車站？我們一起走吧。」

雨男一怔，「這把傘……」

這把傘他認得，是哥哥的。

「這把傘可是你的？其實從許久以前我就有懷疑過……對不起，那天放學雨下得著實兇，我在窗台檢到這把舊傘便借來一用。我應該早早還你的，不好意思……」小雅窘得直盯著自己的鞋尖不敢抬頭。

「不要緊，你沒淋濕就好。」雨男笑著傾前輕按她頭頂，自她手中接過那把傘，「走吧。」

「我叫凌小雅。」

「我是方晴藍。」

哦？竟然不是雨男而是晴男嗎？不過小雅覺得這名字很適合他，這一刻的他看來十分陽光。

方晴藍回頭仰望天際。是你吧？方語藍。

是你讓我遇上這女孩。

《一首寫給你的歌》 作者：晴天天晴

外頭飄下了雪，這是今年的第一場雪，一把好聽的男聲正唱著優美的歌：

「我寫了一首歌，想送給你的歌。

腦海的旋律都是滿滿愛你的節奏，

今年的冬天特別想你，遠方的你是否一樣想念著我。」

浩成是一名作詞作曲家，今年的冬天他人在日本，因為工作關係他時常不在國內。

「兄弟，回程機票都準備好了嗎？」言旭從浴室出來，拿著毛巾擦拭頭髮。

「都好了，行李也準備的差不多了。」浩成將吉他放下，摺好一張A４大小的紙張放進了行李箱。

「這替我帶給雅詩。」言旭將一盒乾燥花交給浩成。

「你還知道她喜歡百合花。」浩成邊說邊將禮物放進行李箱。

「認識她那麼久，知道一點她的喜好。」言旭躺在床上滑著手機。

隔天早上，浩成拖著行李，往機場出發。雪已經停了，街道上滿滿的雪堆，這趟回程他內心其實很平靜沒有半分喜悅。

三小時後……

下了飛機浩成打開手機，只見那一封封不間斷的訊息不停跳出。今天終於回到了熟悉的家鄉，這座

大城市有著他最美好的回憶，

這時公司傳來的訊息：「明天舉辦新歌發表會。」

浩成簡單的回了幾句，他攔下計程車坐了上去。

今天的天氣很冷，外頭的雨勢也不小，他想起那年意外發生的時候也是這樣下著雨，交代了地點，浩成閉上眼睛，任由計程車載他往回家的路上。

打開客廳的電燈，這偌大的房子只有浩成一個人住，他緩緩的打開了一間房門，輕輕將禮物放在床上，還有那張紙。

浩成用手指輕輕畫過那一塵不染的化妝台，滿意的說：「范嫂整理的很乾淨。」隨後他轉身走出房間將門給帶上，呆呆的坐在沙發上。

第二天清晨，下整晚的雨讓氣溫變得更低了，浩成一台車塞了滿滿的東西，開車前往一座私人公墓，裡面有這幾座墓碑，全是他的親人與愛人。

幾年前一場航空意外，老天爺一次帶走了他最珍貴的一切……

「我回來了。」浩成將物品一樣一樣的擺好。

「媽，這是妳愛吃蛋糕和新鮮的玫瑰花。」

「爸，這是你最愛吃的烤雞，一樣店家買的，味道都沒變。」

「兒子……」浩成開始哽咽，眼眶泛紅，他壓抑想要大哭的情緒，深呼吸的繼續說：「兒子……這是爸爸幫你買的玩具，你要好好珍惜，聽媽媽的話知道嗎？」

最後是他最愛的人，照片上的她笑容還是那麼的美麗。

「老婆……我……」浩成最終還是忍不住：「我好想妳，好想兒子，好想你們。」他掩面大哭，泣不成聲。

雨忽大忽小，浩成幾乎全身濕透，他感受不到寒意來襲，不在意雨天有多濕冷。此刻他的心比冬天氣溫還低。

「這是言旭送妳的花，我的禮物放在房間了。」

氣溫又更低了一點，他依舊站在那裡看著那些照片。

手機又收到了幾封訊息：「歌曲已發佈，以下連結是現場直播。」

浩成打開了連結，將手機音量調到了最大聲，當紅歌手周子定正唱著最新發表的歌曲。

「這是我為你們寫的歌，你們聽聽。」浩成紅著眼眶按下播放鍵。

明明是好天氣　我心卻陰晴不定，
是什麼讓我哭　是什麼讓我害怕，
害怕黑夜的來臨。
明明是期待　我卻等不到未來，
是什麼帶走你　帶走了我得最愛。
留我一人追憶你。
好想你
我是真的　好想你
好想你
遠方的你　聽見嗎

歌曲進入了間奏，浩成在雨中放聲大哭。

是什麼帶走你　帶走了我的最愛
如果我註定失去　我該拿什麼面對
陰陰暗暗的路途　沒有溫暖的照耀
如果我註定失去　能否化成一道彩虹
陪伴我

雨停了，一道溫暖的陽光從厚實的烏雲照耀大地，也照在浩成的身上，沒多久一股暖陽的溫度在他心裡游走，彷彿像是在告訴他：「親愛的我不曾離開。」

《承諾》 作者：魅影

每逢下雨天，我都會想起妳。

想起妳總是撐著傘，踏著小步向我跑來。

「怎麼你又不撐傘啊？」看著妳氣呼呼的小臉，每次也讓我忍不住戳戳妳的臉頰。

「太麻煩了。」每次我也這樣回答妳，然後妳總會這樣說：

「麻煩也要撐啊！生病了不也很麻煩嗎？」

「不是還有妳在嗎？」說著，我總會輕輕地把妳擁入懷裡，然後把臉埋在妳的秀髮中，貪婪地吸著殘留在你秀髮上的洗髮水味道。

「你總是這樣依賴我！」妳假裝生氣地以柔若無骨的小手輕捶著我的胸膛，「如果有一天，我不在了，看你怎樣辦！」

「別亂說，妳怎麼會不在？我永遠不會放開妳的。」我扣著妳小巧的下巴，輕輕地把它抬起，以手指指腹來回撫摸著妳的紅唇，然後溫柔地吻下去，「妳永遠別想逃離我的身邊。」

「我才不要永遠照顧你這個大孩子呢！」妳紅著臉，嫵媚地笑著說：「說真的，如果有一天，我要離開你了，你仍然會掛念著我、愛著我嗎？」

「不會有這麼的一天。」我輕撫著妳的臉龐，再次吻向妳，「我不會讓它發生。」

「你先回答我啦！」妳別開臉把我推開，「就說如果嘛，假設真的有這一天呢？你會忘了我然後愛上別人？還是仍然會掛念著我愛著我呢？」

「女人真是麻煩，怎麼經常有這種假設性的問題啊？」我微微皺起眉頭，苦笑道：「如果妳離開我是因為別的男人，我當然會忘了妳。」

「那你的意思是……如果我是因為別的原因而離開你，你便會一世記住我愛著我了？」此刻，妳的笑容如花朵一樣美麗。

「誰知道呢？」我但笑不語。

沒錯，有誰能知道未來會發生甚麼事？

我也沒有想到，這樣的對話，現在只能在我的腦海裡重複播放。

我說過，我永遠不會放開妳。

即使妳沒了意識，我也不會放棄妳。

即使妳再也無法看見我、聽見我，我也不會離開妳。

即使妳的身體變得冰冷無比，我也不會放開妳的手。

因為這是我對妳的承諾。

外面又下雨了⋯

幸好，我們待在冰冷的房間裡，雨點才不會弄濕妳那美麗的臉蛋。

這裡是妳永遠的家。

而這個家，只得我和妳。

我們將永遠待在一起，永遠不會分開。

題目：拿著紙傘的神秘少女／少年

「一輪巨大又明亮的滿月高高掛在夜空上，月亮大得足以清晰地看見上面的紋路。

紫紫藍藍的月光影照著一片竹林，

竹林中央的一片湖面上，出現一幕令人難以置信的畫面：

一名穿著和服、左手撐著紙傘的神秘少年

／少女，

正以曲著腿的姿態飄浮在半空中。

而他／她的目光直勾勾地看著站在湖面上少年。」

請以此圖為題，自由創作（圖中人物的服飾／性別可以自由修改）。

唯一要求：圖中的情景，成為故事裡其中一幕情節！

《小女孩之謎》 作者：毛鼠之之

「想得到力量嗎？」

在我面前，一位小女孩身穿水藍色連身裙，手上撐著一把與她衣服相襯的油紙傘，用著渴望的眼神直直望著我。

四周一片漆黑，我也不知道為何會在這裡，小女孩看起來很不像普通人物。當我有記憶時，就看見她站在我眼前，用著那稚氣的聲音詢問我。

「什麼力量？」我疑惑地反問，想往前踏出去靠近她，沒想到雙腳動彈不得，往下看去，我居然浮在湖上面？還看的見底下的魚來回游動。

「變強的力量喔，大姊姊。」小女孩笑了起來，似乎我的反應讓她很滿意。

變強嗎……想到我在學校的遭遇，那些看不起我的同學，對我失望透頂的教師，還有……你……

「我想要。」

小女孩聽到我這樣的回答，高興的伸出她那白皙的小手，我下意識的伸手抓住她，只覺得一陣刺眼，身體好像湧入了什麼力量，意識漸漸被抽離。

最後看見的風景，是天上滿天的星星，以及高掛在上的明月。

＊　＊　＊

電視報導一所學校，出現離奇的殺人事件，兇手有待查明，推測是一位平凡的女學生，在某天放學鐘聲一響，趁著班上的人收拾東西，拿出凶器對在場的人大開殺戒，由於教室的門被反鎖，因此沒人逃出她的手掌心。

但檢方調查當時這間教室的門把，根本沒有這名女學生的指紋，而且明明是在放學時間，怎麼還能把兩道門都反鎖呢？有人推測是有共犯，又有人說是女學生偷偷趁大家不注意時關起來的。

而該名嫌疑犯卻在事發當天消失無蹤，家裡完全沒人知道她去哪，連她所擁有的物品全部消失，等於人間蒸發，這樣離奇的案件，不禁令人起雞皮疙瘩。

翻遍所有的證據跟供詞，還是找不出結果，因此這件事情因事隔多年，慢慢被人遺忘，直到某天，有位登山者離奇死於某座山的湖旁，身上的某些東西還跟女學生的一模一樣，才又被翻出來討論。

警方發現登山者的雨傘上面還留有奇怪顏色的月亮飾品，為了查明一切，他們將這把傘帶回警局。但在事發後隔天，一名警察害怕的說，他夢見一個奇怪的小女孩，不停詢問要不要力量之類的問題，令他不知所措，還好當時身上有帶著眾多護身符，當下被嚇醒，才沒回答這名女孩的問題。當下的同事聽到後，也反映著也有類似的夢境。

這件事後來傳到道士那邊，為了查出真正的真相，道士為這支雨傘做法，結果冒出許多冤魂，全部供稱是被一名小女孩騙走，結果闖下大禍，在這些靈魂當中，還有女學生的身影。

用盡許多方法，卻完全查不出小女孩真正的身份，過了許多天還是一無所獲，所以這支雨傘最後被收留在廟宇中，讓神明的力量來保佑，道士也跟那些冤魂約定好，找一天會為他們做超渡法會，讓他們的靈魂能得到安息。

當大家都以為這件事情就這樣平息了，殊不知在隔一年的中秋節，一名幼稚園男老師帶著小孩來參觀廟宇時，又再度發生奇怪的事情，這個小女孩之謎也隨之被討論出來……

《雪女》 作者：古潮兒

兩班熱愛尋找刺激的汽車露營友分別相約到富士山旁的青木原樹海露營，他們一行九人各自駕車，一起到達目的地的樹林。

由於大家出發前沒有詳細留意天氣變化，途中卻遇上突如其來的雨雪，加上氣溫急降，帶頭的一人建議大家到樹林內的一個山洞暫避。

在山洞內，大家一起圍爐取暖，藉此驅除寒意。當中有人說起鬼故來打發時間。

說到一半，其中一名女子以認真的口吻說道：「你們聽過雪女的傳說嗎？古時在一個村落裡，住了茂作與巳之吉兩兄弟，二人於一個寒冷的黃昏從森林砍柴回來，途中遇上了暴風雪，被迫到一間小木屋暫避。

晚上，當哥哥茂作睡着了，弟弟巳之吉卻還清醒之際，大門忽然被風雪吹開。一個身上沾滿了雪的女子飛進小屋裡，這名女子身穿白色和服，肌膚似雪，身材誘人，長了一頭淡藍色的長髮，面龐像雪般通透白皙，再加上一對大眼睛，立即把巳之吉迷倒。

女子說：『你真是個可愛的少年，我和你既然有一段相逢的緣分，日後必會修成正果。還有，今天看到我的事絕對不能跟任何人説，説出來的話我便會殺了你。』

話畢，女子便平空消失。當時巳之吉還以為自己在做夢，卻沒想到哥哥就死在自己身邊。一年後，巳之吉認識了一位名字叫雪的女子，後來跟對方共諧連理，生了很多孩子，雪非常能幹，任何家事都難不倒她。

就在一個月圓之夜，巳之吉不小心説起一件往事：『你讓我想起了去年認識的一名女子，仔細一看你長得跟她一模一樣。難道世事竟如此巧合？』

豈料雪立即回應：『沒想到你還是説出口來了。』

當雪一想起剛出生不久的孩子需要人去照顧，遂決定放過對方。下定決心離開男方的雪臨走前向巳之吉説：『我就饒你一命，叮囑孩子長大以後務必要來看我。』

一場生離死別的戲碼立即上演。雙方於户外互相追逐，並且跑了一大段路，結果雪在一個結冰的湖與巳之吉道別，雖然巳之吉苦苦哀求並緊緊拉住對方的手，無奈雪去意已決，最後她撐起油紙傘，在湖面上變成暴風雪消失不見。」

女子説畢，帶頭的一名姓藤堂的男子立即回應道：「只是一個古代愛情故事，説好的怪談呢？」

就在此時，洞穴外吹來一陣怪風，把爐火吹熄，換來一片漆黑。

各人立即以手機照明，卻發現不見了剛才説故事的女子。

藤堂率先問道：「大島，你女友去了那裡？」

「她不是我女友，我女友生病在家沒來，我還以為她是你帶來一起遊玩的。」

一下詭異的女子笑聲從洞外傳來，各人面面相覷，身上起了雞皮疙瘩。

一星期後，負責巡邏青木原樹海的警員在一個山洞內發現了八名行山人士的屍體，死者全部凍僵，面上流露出扭曲的表情。

《水鬼》 作者：花火

很久很久以前，有一個青年因人陷害而落到了湖裡，他變成了湖中的水鬼，卻從未害人，也沒找無辜的人來抓交替。得知此事的鬼都譏笑他沒有能力，才會一直待在那破湖裡，讓自己比鬼還不像鬼。但他一點也不在意那些閒言閒語，日復一日的待在湖裡，絕不與他人同流。

又過了好久，在一個月亮皎潔的日子裡，一名少女拎著一把傘從空中落下，她穿著一身水藍色的浴衣，衣料閃爍動人的光亮，彷彿是這裡湖魚的鱗片。

少女一見他便問：「為何你成為落水鬼多年，卻不願尋方法離開此地呢？」

「當年我因他人陷害而成鬼，心中的痛苦冤屈我永遠記得。」他毅然決然的說：「我豈能去陷害他人，令他人也蒙受這冤屈！」

少女點點頭，伸出手說：「你不計恩怨且保持良善的態度，我在月宮已了然於心。我將賜福於你，來月宮作為我的侍者吧。」

他忽然明白這位是月宮上的神明，於是他毫不猶豫的伸出手說：「我願成為您的奴僕。」

他悠然從湖中懸浮了起來，與神明一同飄向遙遠的月宮。

《日皇傳說》 作者：放鶴

鈴鈴……

下課的鈴聲響起，同學們紛紛從背包之中取出了便當，三五成群地坐在一起，而坐在一角的神武，則是被眾人有意無意地忽略了。

「你知道嗎？只要在月圓之夜，到後山的森林中心，向月神許願，你的願望就能實現喔。」同學們之間大聲談笑，當中大國主更是神神祕祕地談論著學校之中的秘聞。

「真的？」在一角的神武心中一動，抬起頭來，好奇地看向人群之中。

「真的？」一把女聲好奇的問道，神武悄悄看去，只見她雙耳尖尖，瓜子嘴臉，正是稻荷。

「哈哈，不過是傳說而已，應該不會吧。」大國主哈哈大笑，輕輕地把話題帶過了，卻不知內容已是被大和聽去了。

＊＊＊

當天晚上，神武深吸了一口氣，看著高掛的圓月，鼓起勇氣，便是往學校的後山走去。

森林之中，一片寂靜，彷彿萬物都已經沉睡，只剩下微風輕拂草木的沙沙微響。

終於，他來到了森林的正中央，抬頭看著明月，雙手合十，輕輕地許願：「我希望，能更受歡迎……」

蓬！

話沒說完，便是感到一陣天旋地轉，天地在這一瞬間，就好像上下顛倒了一樣！

上一刻還站在森林之中草地上的他，下一刻便發現自己在空中，急速地掉下！

「啊啊啊啊啊！」

失重的感覺讓他異常驚慌，雙手在空中亂抓，忙亂之中，好像抓住了一柄油紙傘模樣的東西，連忙抓過來，急忙地打開！

蓬！

油紙傘就像降落傘一樣，為其卸去了下墜的衝力，緩緩的在空中飄落而下，終於，他雙腳平穩的落在地上，手上的油紙傘便是化成紙片飛舞而去，而身上的和服也是瞬間變成了奇怪的短袖服飾！

神武左右看了看，自己仍舊身處在一處密林之中，但景色卻已是帶有不同，四處都是有著水聲蟬鳴，生氣勃勃。

只見他面色迷糊，信步而行，很快便是走出了森林。

然而森林外的景物卻已經大相逕庭，只見無數人跪拜在森林之外，大呼萬歲。

＊　＊　＊

註：神武，日本第一代天皇，有被稱為天神的兒子的傳說。

《一體》　作者：季節

月亮城的小公主，今天要到地球去了。

於是今天月亮城裡舉辦了一場極為盛大的筵席，小公主最愛的蛋糕、芭菲、布丁放滿一桌。眾人又哭又笑的，看月亮王和王后的臉色，那更是媲美得上生離死別的場面，月亮王不停地往她手上塞零用錢，月亮王后則命裁縫做了幾件極為華麗的裙裝，準備讓小公主帶到地球上，好好炫耀一番。

小公主十分無奈，「父王、母后，我在地球的一個月，不過是月亮城的一天，雖然這一趟不知要去多久，但每天還是會抽空回來的，你們不用這麼傷心。」

然後她對父親說道：「父王，我聽長老說了，地球用的不是月亮城的統一錢幣，你給我這些錢，我也用不上啊。」

她把零用錢還了回去，又對母親說道：「母后，謝謝你的好意，但是地球人的審美標準十分奇特，你選的這些衣服，恐怕他們無法欣賞。」

她又把衣服還了回去。月亮王和王后見她不肯收下，掩面啜泣。

作為月亮城人，他們都經歷過小公主即將要去完成的事，正因明白到地球上的生活有多難過，他們才不忍心讓小公主去經歷，只盼著這個時刻遲一些到來。

只是在這樣的期盼中，小公主也終究是來到了成年的這一日。

月亮王后向侍女吩咐道：「把我以往在地球使用的衣服拿來。」

小公主見狀也不好再拒絕，於是她在前往地球的旅途便穿上母親的舊服裝，眾人見了，紛紛唏噓感嘆，又要和她拍照留念，因此當小公主帶著小行李箱，匆匆忙忙趕到車站的時候，列車已經快要出發了，她連忙跳進車門裡，才安心下來。

列車很快就駛出，穿過茫茫的星海。漸漸的，列車裡的溫度變得暖和——要不是月亮長老在小公主離開前囑咐過一些注意事項，她肯定會以為列車出了故障。

隨著列車內部變得愈來愈熱，小公主的意識也漸漸模糊，直到徹底昏睡過去……

小嬰兒呱呱墜地。

有人曾經如此描寫過剛出生的嬰兒離開母胎時的第一下哭聲：正因為知道未來有多少苦難在等著他們，所以在剛學會呼吸、剛獲得所謂生命的那一瞬間，他們是為自己的人生而哭的。

陸皓玥的生命，也隨著初生的哭聲而展開。

剛出生的那幾個月，家裡確實為她的到來而短暫的高興過。好賭的父親在她出生的那一夜中了彩票，窮苦的夫妻暫時不用被柴米油鹽而苦惱，只是好景不常，父親不久後便拿著所有獎金去了賭場——按他的話來說，賭贏了便一生不愁，賭輸了頂多就再去碼頭當幾天苦力，總能賺回賭本。

可是這一賭，父親管不住手，借了不少高利貸，為了還高利貸，他又向親朋好友借了錢，然後再去賭，這樣循環幾遍之後，父親失去了所有人的信任，灰溜溜的離了家，遺下孤兒寡母承擔他的債務。

母親在養育陸皓玥之餘，同時也到處奔波以辦理脱離夫妻關係的手續，待一切塵埃落定，為了讓家裡有足夠收入，她必須出去工作，而日間照顧女兒的事情，她便交託到鄰居阿姨手裡。

不過，鄰居阿姨雖然是收了母親定期支付的費用，卻沒有給予陸皓玥對等的關懷，那費用大半都到了她親兒子的肚子裡去，而陸皓玥則被丟在一邊，只在哭得阿姨受不了的時候才能得到少許食物。

在讀小學的時候，陸皓玥被發現患上了夢遊症。

每逢深夜，她總是出現在奇怪的地方，有時候是在單位外的樓道裡，有時候則是愣愣的呆在客廳，最嚴重的時候，她被發現獨自在樓下的公園，雙腳踩著沙坑。

當母親叫醒她，陸皓玥總是一臉恍惚。

「我剛才做了一個好夢。」

每一次，她都會對母親說一樣的話。

母親自然是極為憂心，帶她去了幾次醫院，但無論是以什麼方式治療，似乎也沒有起到效果，只能由家人盯著。

但是母親也無法總是把陸皓玥綁在身邊。到了高中的時候，學校安排了一次班級宿營，學生們浩浩蕩蕩坐著大巴，朝著山裡出發。

說是山裡，其實是一片被人工開發的地方，營舍裡有操場、觀賞徑、射箭場，甚至還有一個湛藍的湖。營舍安排的活動也很多元化，例如游繩、攀岩、捕魚等，一天下來，晚上眾人回到宿舍都累得想直接昏睡過去。

班主任卻睡得並不安穩，她知道班上最乖巧的那個孩子有夢遊症，為了防止出事，她已經調較了鬧鐘，還叮囑營舍夜間當值的職員留意出入口。

不過當她發現陸皓玥不在宿舍的時候已經晚了。守夜職員堅稱她沒有看見有人離開，班主任沒時間跟她理論，只得匆匆披上外套去找人。

她最終在湖面上找到了陸皓玥。

看見陸皓玥的時候，班主任能感覺到心臟的猛烈跳動，她不禁問自己：她是看錯了吧？

陸皓玥並沒有遇上危險，倒不如說，她正處在一個非常神奇的狀態。

少女站在湖中央，腳尖明明觸碰著水面，卻完全沒有要沉進去的跡象。她的頭頂之上，是一輪高懸的圓月，散發出青藍的光輝——更奇妙的是，這輪月亮看起來……非常龐大。

班主任不知道這座山海拔多高，但無論是距離天上多近，人們眼中的月亮也不可能有這樣的規模。

而且，無論是任何理論都不可能解釋，為什麼那些青藍光輝正在匯聚成一個和服少女的形象。

那個少女的一隻手正撐著和傘，慢悠悠地飄蕩下來。她的另一隻手則對陸皓玥伸出，待她們雙手交握之時，和服少女便化成如星光一般燦爛的光點，融入陸皓玥的身體之中。

班主任正要細看，卻發現陸皓玥正站在自己的身邊，她似乎剛睡醒一般打了個呵欠：

「老師，我剛才做了一個好夢。」

《順子奔月》（竹取物語外傳） 作者：挪拉夫

輝夜姬說要回到月亮的那夜，天皇命數百人重重守住庭園，以抵抗月宮派天兵天將把輝夜姬接走，然而她其實早在幾天前溜出了家園，天皇似乎至今仍未發現。

輝夜姬回到她出生地附近的竹林，看到一個男人拿着斧頭，五年來他每天都在月色下到竹林伐竹，像極她當年的父親。

「研信……」

「順子！」男人驚訝得瞪大眼眸，「妳真的出現了，這不是夢境吧……」

只有故鄉的村人會叫她**順子**，她父親為了讓女兒能夠擠身京城、成為有錢人家的妻妾，便編造了她是「竹子裡出生的發亮女孩」的故事，為她冠上了「輝夜姬」的名字。她父親不準她自稱「順子」，因為這名字聽起來像個普通女孩。

「順子！你到底是真人，或只是幻影啊？」看着盤起頭髮、插着滿頭金飾、穿着高價和服的輝夜姬，在和她極不相襯的竹林裡站着，研信簡直不能相信自己的眼睛。

「你摸摸我的臉，看有否體溫，不就知道我是人是鬼了？」輝夜姬調皮地說。

「真的是你？自從妳去了京城，我們已經分別五年了。妳怎從京城走到巑岐來呢？」

「僕人駕馬車連夜把我送來，我還跟他們說要大解，不許他們聞到氣味，命令他們躲得遠遠呢。」

她淺淺地笑着，眼睛彎成新月。

「平安京的生活如何，聽村人説妳每天都在得學習禮儀和書法，辛苦嗎？」

「對，我被拔了眉毛，塗上胭脂，每天都在學習婀娜多姿地走路，還要寫漢字書法，父親要我在富家子弟的宴會上表演寫『古事記』，前陣子每天都在寫神祇的名稱，『久志伊奈太美等與麻奴良比賣命』，寫完自己都看不懂，我敢説那些追求我的富家子弟都看不懂。對了，我最近終於學會了寫『順子』，原來『子』字既簡單又包含多種的意思。」她在研信的手心，輕輕地寫了自己的名字。

「我也在村裡教小孩寫漢字，用的教材也是『古事記』。」

「還記得你以開辦私塾為志，看來你已經得償所願。」

「只是在村長大屋的前庭空地教授漢文的半吊子教師罷了。」研究自嘲地道。

「那你何故到竹林來？取竹此等粗事交給樵夫不就可以了？」

「這個嘛，」研信靦腆地説：「像我這種讚岐的鄉野村夫，想要高攀平安京的輝夜姬實在只是痴心妄想，所以我五年來，每夜都會到竹林賞月、祈求、然後伐竹，但願月讀尊能實現我的願望，讓我與輝夜姬相見一面。」

「我父親亂編的傳説，你居然也相信。」

「不信，但只有這樣每夜來竹林，才能緩解對她的日益增加的思念。」

輝夜姬紅着臉，低下頭，嘴角微微上揚。

「研信至今尚未娶妻？」

「對，」他咧嘴笑着，「父母找來不少美好的姑娘，但這些年來我心一直被佔據，我知道即使娶妻，我亦無法全心全意愛我的妻子。」

輝夜姬抬起頭來看研信，她清澈的明眸像湖水般反射着月色。

「研信，我此行的目的，是為了回來故鄉看事物的最後一面。天皇要把我召入宮殿當妃子了，於是我仿效父親，把輝夜姬的故事編了下去，我說我是月宮的仙女，今晚就有天兵把我接回月宮，天皇怕得罪神明，姑且把召令延至明天，然而謊言總會被拆穿，我回到京城後，要麼就成為天皇眾多妃嬪之一，要麼就違抗聖旨被處死，不論那一方我都會視之為生命的結束，所以我想回來見我一直思念的人和土地。」

「怎……怎會這樣。」研信自知天皇的召令不可違抗，大概他朝思暮想的女子將成別人的妻子了，「有別的方法麼……」

「我在京城看過天下的地圖，」她接着說，「得悉避開周防的關口前往九州的方法，在伊豫國有個叫八幡的港口，能乘船到豐後，從那有路通往肥前、日向。」

「妳想和我私奔到遠國去？」

「你……不願意嗎？」

研信用力捉住輝夜姬的雙肩。

「除了這片竹林，我本就一無所有，何況這是天照大神賜我所愛，又怎會不願意？我們要趕快起行，趁妳的追兵來到前逃到伊豫國。」

「研信，但我可否再問你一件事？我如今正值芳華之年，你暫且說愛我，但當我容貌蒼老，不再可愛之時，你可仍舊會不變地愛我？」

「天地為鑑，我向八百萬神祇發誓，儘管妳化成黃泉國裡伊邪那美的容顏，我對妳的愛仍如月色長存、至死不渝。」

輝夜姬聽罷，拔下髮簪，解開盤髮，放下及腰的烏黑髮絲，脫下和服，又把飾物和衣裳棄置在竹林地上，再挖起一把泥土往自己臉容、衣服各處塗抹，京城的公主立即變成了樸素的村姑。

「兩情相悅，千里一里，」她泛紅的臉龐凝視着研信，緊扣他的十指，「從今以後，輝夜姬將奔月成為民間的傳說，而順子將遠走成為研信的妻子。」

《雨女》　作者：烏克拉拉

今天是個風光明媚的日子，但卻突然下起了雨。這對上山健行的我來說，是個非常頭疼的現象。

我雖然有些煩躁，但還是合起掌來，向上天許願。

因為下太陽雨的時候，會有一位撐著油紙傘、穿著和服的女子出現，她會傾聽人們的願望，然後一一回應。

許完願望，太陽雨還是沒有停的意思。我從背包裡拿出雨衣並穿上，然後小心翼翼地繼續向前行。

我走到一座小湖邊稍作歇息，穿梭在陽光之間的雨滴沒有變小的意思。我為自己在兩棵樹之間搭起了簡易的小棚子，打算等到雨停了之後再繼續前進。

肚子有些餓了，我拿出乾糧，望著眼前那座美麗的小湖，一邊吃著乾糧。

忽然間，陽光似乎閃了一下，湖的中央出現了一名稱著油紙傘、穿著和服的女子。

照射在水面上的陽光反射在女子的身上，讓我能看清她的面容。

她開心地在湖面上小跳步，就像一個在玩水的小女孩一般，不時地踮起腳尖轉了個圈兒，雨水在她身邊揮灑出絢麗華美的軌跡。

是雨女！只在下太陽雨時出現的雨女！

我立刻起身向她奔去，不顧形象地大吼了起來：「雨女！妳是雨女吧！」

她聽見我的喊叫聲，停下嬉戲的動作，對著我笑了一下。

我明明雙腳已經踏進水裡，卻在她對我微笑的同時，我的雙腳就浮上水面，並且能毫無阻礙地在水上行走、奔跑。

我快接近她了，但她卻突然往上浮了起來。太陽雨要停了。

我腳下不停奔跑，這座小湖彷彿瞬間就變成了大海一般，怎樣努力都還是碰不到她。

「別走！我的願望還沒實現！」

我奮力地向前一躍，右手抓破了她的衣角，手裡抓著的是紅色和服的一片小碎片。

她突然收起了笑容，在緩緩上升的途中，雙眼突然流下了眼淚，然後漸漸地，和雨水消失在了陽光之中。

＊　＊　＊

又一次的太陽雨，我想起上次的相遇，又回到了那座小湖邊。

但這次，卻不是看見之前的那個雨女，而是另一個脾氣暴躁、穿著黑色禮服的小女孩。

《世上的兩個我》 作者：琉璃異色貓

＊＊本故事承接《雨天情人》（題目：下雨天）＊＊

凌小雅和方晴藍在樹下促膝而坐。

微風拂過樹葉窸窸窣窣，與蟬鳴協奏出夏天最動人的旋律。小雅靠在晴藍厚實的肩膀上翻著小說，不知不覺墮入夢鄉。

夢中那輪高掛的藍月散發出不可思議的光芒。月下，兩個長得一模一樣的少年，一個身穿T恤短褲、朝氣活力，恰似平日的晴藍；另一個撐著傘、穿著神官服，長得跟小雅記憶中的雨男如出一轍，眉宇間有絲揮之不去的憂鬱。

奇怪的不僅是雨男的服飾，還有撐傘的他猶如正被某股神秘力量拉扯上半空，於是趕忙伸手企圖拉住地上的晴藍……

「剛剛做了個怪夢，還夢到兩個你呢。」小雅揉揉眼，長長的伸一個懶腰。

晴藍臉色一變，「兩個我？」

方語藍，你仍捨不得放手嗎？雖說是你先遇上小雅，可是真正鼓起勇氣向她告白、和她交往的人可是我啊！

「嗯。一個像晴天、耀目的你，一個像雨天、帶點憂鬱的你。」

「那……你喜歡哪個多一點？」晴藍感到一陣揪心。

「只要是你，都喜歡。」小雅調皮地趨前，往晴藍右頰印一個吻，尚未察覺到他那僵硬的表情。

「晴藍和語藍，你喜歡哪個多一點？」晴藍的語氣隱隱透出一絲悲涼。

小雅可曾喜歡過他？抑或，她喜歡的，從來都是方語藍？

小雅怔住，「你怎知道我曾暗中替你起了個『雨男』的外號？」

方晴藍雙眼低下去，「因為那個本來就不是我。」

「甚麼意思？」小雅不自覺挪開了身子。

「你檢到那把傘當日，方語藍淋了個濕透。」晴藍遠目，彷彿語藍正站在盡頭的地平線，「我問他為何不打傘，他說打算回頭拿傘時看到一個十分狼狽的女生——他不忍叫你淋雨，於是偷偷把傘讓給你，靜靜離開了。」

小雅鼻頭一酸，「所以，和我一起在簷下避雨的那個，一直都是方語藍？」

晴藍搖搖頭，「我猜，那可能是他的思念。」

「甚麼意思？」小雅環抱雙臂，起了一身雞皮疙瘩。

「因為過了沒多久，語藍便在一場意外中喪生，你不可能遇過他。」晴藍長長地吁一口氣，「所以，我猜他可能把思念附了在傘上，因掛心你會淋雨，是以總在雨天現身陪你避雨……」

「那……雨男是甚麼時候換成你的？」小雅想起來了，「我主動上前邀你一同撐傘那天嗎？」

「嗯。」晴藍頷首，「轉校首日，不知恁地忽然有感，便跑到那兒避雨。」

難怪當日的雨男像個陽光男孩，格外神采飛揚。

小雅俯首無言，十指纏成一團，良久才再開口：「夢中的雨男拼命向你伸手……我想，他捨不得的那個，其實是你吧？因為擔心自己走了以後你會變得寂寞，所以他才會刻意安排我倆相遇。」

恰如把傘讓給她一樣，恐怕善良體貼的雨男最不忍見弟弟形單影隻。

「可是……你一直暗戀的那個，其實是方語藍吧。」

「嗯，我暗戀的是雨男。」小雅拉起晴藍的手，把臉龐埋在他厚大的掌心，「可是真正讓我喜歡上的，是你喔，方晴藍。」

晴藍捧起小雅的臉蛋。

可以嗎，方語藍？他可以繼續喜歡她嗎？

《渡化者》 作者：晴天天晴

寧靜的海平面上站著一位男孩，這男孩年紀約莫十六歲，一頭紅髮，他的眼睛有如寶石一般的幽藍色。

他不知道為何會出現在這裡，腳下的海面清澈透明就像是一面鏡子。

「好美的地方。」他忍不住多看了幾眼。

男孩環顧四周，一片子夜藍，身旁還漂浮著閃亮亮的小石子，看上去更像是夜空裡的星星，他伸手觸摸那些發光的小石子，居然有一絲絲的溫度，這奇特的景象讓他相當驚奇。

「天民。」

男孩轉頭找尋是誰在喊著他的名字……

這時有一名女子從天而降，四周忽然有了變化……原本子夜藍的夜空瞬間變成日光照耀的藍天白雲。

那女子長得很美，笑著緩緩而降，這時湖面開始發亮，周圍又開始變化恢復成了黑夜，天空高掛著一輪明月，天民仰頭一看直視著那女子。

「來，跟我走。」那聲音似乎有著魔力，天民的手不知不覺地朝著那女子伸去。

「要去哪？」天民開口問了問。

「去你該去的地方。」女子溫柔輕聲細語說著。

「我該去的地方？」天民抓住了女子的手，身體開始飄了起來。

「別怕，那是一個很美的地方。」

「那……妳是誰？」

「『渡化者』專門帶領海上迷路的靈魂。」女子輕拉起天民的手，兩人開始緩緩地往上升。

「我……是迷路的靈魂？」天民ㄧ臉疑惑。

「現在的你屬於另一個世界，去到那你就會記起來了。」

月色是如此的美麗，純淨的靈魂能得到渡化者的引領得到安息。

天民和渡化者最終消失在夜空中，天上多出了一顆星星閃爍著最迷人的光芒。

《湖泊中的精靈》 作者：魅影

小楠自小體弱多病，經常臥病在床。

由於小楠的身子實在太弱，不能長時間維持坐姿，所以根本無法上學。父母為了使小楠得到更好的休養環境，希望能夠延緩他的病情，於是舉家遷移到效外的一棟別墅裡居住。

這棟別墅環境清幽，前面是精心設計的庭園；背面是一大片竹林，竹林裡有個天然漂亮小湖，湖水清澈無比。

小楠每天最喜歡慢步到竹林中的小湖旁，躺在湖邊的休憩椅子上休息。這個地方是小楠最喜愛的小天地，他待在這裡的時光比待在屋子裡還多。

這天，小楠如常攜著一小袋小吃慢步到湖邊。

他坐在椅子上，把袋中的小吃取出來。

「小鳥、小兔、小鹿，我來了，快來我這裡吃東西吧。」小楠向著空無一人的竹林裡叫道，雖然他的聲量不大，但在寧靜的竹林裡卻聽得一清二楚。

說來奇怪，原本杳無人煙的竹林，在他呼喚後，從遠處傳來「沙沙沙」草木磨擦的聲音，似乎有甚麼東西正在接近小楠。

突然，數顆圓滾滾又毛茸茸的小頭顱，從竹林裡冒出來。

「小兔們，來了啊？快過來吃生菜和紅蘿蔔。」小楠看見小兔們出現後，興奮地把袋中的食物放到地上，小兔們蹦蹦跳跳地跳到小楠的前面，叼起地上的食物大快朵頤。

竹林後再次傳來聲響，這次是小鹿們和小鳥們，牠們也逐漸接近小楠。

「你們也來了？今天有麵包屑和黑莓呢……不知道你們會不會喜歡。」小楠打開小吃袋的袋口，放在地上，小鹿們和小鳥們爭相搶奪食物。

「你們真是可愛！」小楠躺在椅子上，看著動物們可愛的吃相，滿足地笑了。

突然，湖的中央泛起了一圈漣漪。

小楠以雙手用力支撐起上半身，眼睛盯著湖面。

湖面再次泛起小漣漪，可是，湖上甚麼也沒有，亦沒有東西掉進湖裡，那到底是甚麼引發起漣漪呢？

動物們彷彿感應到甚麼似的，紛紛停下來，盯著湖面。

「小兔們，你們有看到嗎？湖面出現了漣漪呢！」

「小鹿們，小鳥們，你們有看到甚麼嗎？」

動物們當然沒有回答小楠的問題了，但是，牠們不約而同地慢慢退回竹林裡。

「你們要離開了嗎？」眼前動物們退去，小楠感到有點驚慌，不知所措地看著湖面，「不會有甚麼妖怪吧？」

就在這時，湖的上方出現了一抹模糊的人影，人影隨後逐漸清晰起來。

「那抹人影……竟然是一名少女？」小楠看著人影轉化為少女，大感驚訝。

湖上的少女有一頭粉紅色的俏麗短髮，立體分明的五官，身穿湖水綠的浴衣，腳踏藍色木屐，手持湖水綠色的紙傘。

「難道……她是水中的女鬼？」小楠看見少女手持紙傘，便馬上聯想到可怕的傳說：「傳說不是說鬼很喜歡躲在紙傘裡的嗎？那這少女應該就是女鬼了吧……」

這時，湖上的少女發現了小楠，踏著水面緩緩向他走去。

「汝是誰？人類？」少女靠近並仔細觀察著小楠。

「汝……汝？」被少女嚇得不輕的小楠，閉上眼睛害怕地回答著：「我、我是人、人類。」

「吾乃此竹林之精靈王，名竹姬，長居於此湖泊。」少女似乎觀察完了，站到小楠的跟前說道：「汝之名為何乎？」

「其、其實……我聽不懂……你在說、說甚麼……」小楠緊閉雙眼，震抖著說。

少女聽見小楠所說的話後，突然在自言自語般說著小楠聽不明白的說話，小楠張開眼睛觀察著。數分鐘後，少女安靜下來了，她閉起眼深呼吸一下，然後對小楠笑著說。

「我說，我是這個竹林的精靈王，名字是竹姬，住在這湖泊裡的。」竹姬看著小楠的眼睛，轉了轉手中的紙傘，「你的名字是甚麼？」

「咦？我聽得懂你說的話啊！」小楠驚訝地睜大眼睛大叫著。

「當然喔！我把我的語言調整了，現在跟你的是一樣啊！所以你才會聽得懂。」竹姬一臉得意地飄浮在半空中〞「所以呢，可以把你的名字告訴我了嗎？」

「我……叫小楠。」小楠呆滯地看著半空中的竹姬。

「哦！原來是小楠。」竹姬以單腳支撐著地，轉了個圈，「我從小動物們那裡聽説，你天天都會來這樣，給牠們食物，是吧？」

「嗯！沒錯，反正我每天都會來這裡，就想順道帶給牠們一點小吃喔。」

「原來如此。牠們很想跟你道謝，看來牠們很喜歡你呢！」

「跟我道謝？不用了。這根本沒甚麼好道謝的。」

「牠們天天都跑來告訴我有關你的事情，又請我幫助牠們，讓牠們可以報答你。」竹姬背著小楠，走到湖邊以腳踢起水花，然後回眸一笑，「所以我今天才會現身，給你一份謝禮。」

「哦？謝禮？」看見如此美麗的笑容，小楠完全招架不住，整個人呆掉了。

「是的，來，請跟我來。」竹姬飄到小楠的面前，把他拉起來，再引導他走向湖邊，「來，伸出腳，踏在水面上。」

小楠呆呆地跟隨竹姬的指示，把腳放在水面上，然後竹姬用力向上一拉，小楠整個人便站在湖面上了。

「哦！我……站在水上了！很神奇啊！」

竹姬把小楠帶到湖的中央位置，竹姬快速轉動手中的紙傘，隨即有縷縷彩色的輕煙由紙傘裡冒出，彩煙慢慢包圍小楠。

「這……是甚麼？」小楠伸手觸摸輕煙，「咦？好暖和啊！好像被擁抱著一樣呢！」

「很暖和對吧？這是動物們的精氣啊！牠們知道你的身子不好，所以集合竹林的所有動物，把牠們的精氣分給你，希望你的身子能夠康復！」

「你說：這是動物們的精氣？」小楠回頭看看岸邊，數以百計的小動物站在湖邊，彩色的輕煙就是從牠們的身體裡飄出來，再進入竹姬的紙傘裡，「那牠們會不會受傷啊？或者元氣大傷？」

「哈哈！你還真是個好人呢！難怪動物們堅持要送你這份厚禮。」竹姬沒有停止轉動手中的紙傘，直至所有彩煙都注入小楠的身體裡，「別擔心，牠們只要休息一天便能康復了。倒是你，你現在的感覺如何？」

「我……感到充滿力量！很奇怪的感覺呢！」小楠把雙手放到身前，左右轉動，然後做一些簡單的伸展運動，笑容爬上小楠的臉。

「謝謝你們！」小楠轉身向著岸邊的小動物説，小動物們跳起以示回應，「我承諾，每天也會來這裡跟你們玩，也會給你們小吃的！」

竹姬把小楠帶回地面上，然後向他道別。

「我的任務已經完成了，你的身體應該會逐漸好起來。那我先回去了。再見了！」説罷，竹姬慢慢飄去湖中央。

「我們還可以再見嗎？」小楠看著越走越遠的竹姬問道。

「有緣總會再見啊！」最後竹姬揮揮手，沒入水中，消失不見了。

一星期後，家庭醫生來到為小楠作檢查，驚訝地發現小楠的身體竟然痊癒了！還比正常的小孩好幾倍呢！

小楠急不及待抱著一大袋小吃，跑向竹林，跟他的好朋友們會面。

全書完

Penana 文庫　No. 84110

Penana

小説平台 | Facebook | Instagram
penana.com | penana.hktw | readonpenana

星海小劇場：玩轉文字萬花筒（第一冊）

作　者　十辭星海作者群
網　址　penana.com/user/106451

書籍製作　灣岸出版社
網　址　joy.link/baypub

ISBN　978-1-955118-33-0
分類標籤　流行文學
版　次　2022 年 2 月初版

Hong Kong Books LLC